KiD CYCLONE ═FiGHTS═ THE DEViL
AND OTHER STORIES

Xavier Garza

PIÑATA BOOKS
ARTE PÚBLICO PRESS
HOUSTON, TEXAS

Kid Cyclone Fights the Devil and Other Stories is funded in part by grants from the City of Houston through the Houston Arts Alliance and by the Exemplar Program, a program of Americans for the Arts in Collaboration with the LarsonAllen Public Services Group, funded by the Ford Foundation.

Piñata Books are full of surprises!

Piñata Books
An imprint of
Arte Público Press
University of Houston
452 Cullen Performance Hall
Houston, Texas 77204-2004

Illustrations by Xavier Garza
Cover design by Mora Des!gn

Garza, Xavier
    Kid Cyclone Fights the Devil and Other Stories / by Xavier Garza.
        p.   cm.
    Summary:
    ISBN 978-1-55885-599-1 (alk. paper)
    [1.
    PZ
    [Fic]—dc22

                                                              200
                                                              CIP

♾ The paper used in this publication meets the requirements of the American National Standard for Information Sciences—Permanence of Paper for Printed Library Materials, ANSI Z39.48-1984.

© 2010 by Xavier Garza

Printed in the United States of America
May 2010–June 2010
Versa Press, Inc., East Peoria, IL
12 11 10 9 8 7 6 5 4 3 2 1

TABLE OF CONTENTS

TO MY FAMILY

THE MIRROR

"Cecilia, come look at this," said Marina, calling for her friend to come see what she had just found tucked under the mattress of her late Aunt Cristina's bed.

"What is it?"

Marina held up an oval-shaped mirror. Its gold trimming was decorated with the faces of laughing devils with elongated tongues.

"That is weird looking," said Cecilia.

"It must have belonged to my Aunt Cristina," said Marina. "She lived and died in this house. You and I are probably the first two people who have set foot in her room in years."

"That would sure explain all the dust and cobwebs," said Cecilia. "Why doesn't anybody want this house? Sure, it looks bad now, but you can tell that it must have been a great house once. I'm surprised that nobody jumped at the chance to get it after your aunt died."

"My parents say that my Aunt Cristina was a very wealthy, but very evil woman. My father has even gone as far as accusing her of being a witch. He said that she put a curse on my Uncle Esteban."

"A curse, really?"

1

"My Aunt Cristina never liked my uncle's wife because she was one of the few women that would actually stand up to her. It was shortly after an argument between the two that my uncle's wife suddenly became very ill. Nobody knew what was wrong with her. Uncle Esteban, however, was convinced that Aunt Cristina was behind it. He confronted her and demanded that she remove whatever curse she had placed on his wife. Aunt Cristina just laughed at him. Uncle Esteban became so enraged that he attacked her and started choking her with his bare hands."

"Did he kill her?"

"No, the neighbors managed to pull him off of her before he could finish the job. Cristina was livid and swore through gasping breaths that Uncle Esteban would come to regret ever having laid his hands on her. The next day, my Uncle Esteban's hands began to hurt. The pain gradually increased with each day until it became unbearable. When he went to see the doctor, he was diagnosed with a severe case of rheumatoid arthritis. The doctor was baffled at how quickly the symptoms were progressing. Within a year, Uncle Esteban's hands got so bad that he couldn't even hold a spoon. Nobody ever came to visit Aunt Cristina after that. They were all convinced that she was responsible for Uncle Esteban's sickness."

"What happened to her?"

"She died a lonely old woman; she never married or had children."

"That's horrible!" said Cecilia.

"I know. People say that she went crazy before she died, yelling and screaming all the time. She would accuse everybody, even total strangers, of stealing from her."

"Hey, what's that?" asked Cecilia.

"What?"

"It's a photograph," said Cecilia. She showed Marina a grayed photograph of a woman with a scowl on her face. It was affixed to the back of the mirror.

"You know what?" said Marina. "I think this is a photograph of my Aunt Cristina."

"Girls, it's time to go," called out Marina's father from the living room.

"Coming," answered Marina. "You know what? This is a pretty unique mirror. I think I'm going to keep it."

"Marina, I don't know if you should," warned Cecilia. "It gives me the creeps."

After taking a shower and brushing her hair, Marina was ready to get some rest. Visiting the small town where her dad had grown up had been fun, but Marina was happy to be back in the big city. Her parents were out for the night, so she had some time to relax before going back to school on Monday. She reached over and looked at the souvenir she brought back with her. Cecilia was right: the mirror was creepy. She left it next to the bathroom sink and walked over to her bed. She turned off the lights and immediately fell asleep.

"Thief!"

The sudden voice startled Marina. She turned on the lights and ran into her closet. She grabbed a baseball bat and looked around the room, but saw nothing. She looked in the kitchen, the bathroom, everywhere.

"Was I dreaming?" she asked herself as she walked back into the bathroom and splashed cold water on her face. "It must have been a dream," thought Marina. She made sure that all the windows in her bedroom were locked.

"Thief!" a voice called out again, louder this time.

Marina ran into the closet and used her cell phone to call 911. "There's an intruder in my house!"

The police arrived and searched Marina's house, but found no one. Marina felt silly now. Not only did she involve the police, but her worried parents had cancelled the rest of their evening and were on their way home.

"I'm so sorry," she told the police officer, apologizing for having brought them out on what amounted to be nothing more than a false alarm. Marina got back into bed but was too startled to fall asleep. Eventually she was able to close her eyes and fall asleep.

"Thief!"

"There's that voice again! Who are you?" asked Marina, who was no longer scared, only angry.

She jumped out of bed and grabbed a firm hold of the baseball bat that she had left resting next to her bed.

"You'll be sorry," she warned. "I have a bat!"

"Thief!"

"The bathroom," Marina cried out. "The voice is coming from the bathroom!"

Marina slowly began to make her way toward the bathroom.

"Thief!" the voice called out again.

"The mirror," said Marina. "The voice is coming from the mirror!"

The face of her dead aunt suddenly appeared in the oval-shaped mirror!

"Thief!" cried out her aunt. "Thief!"

"Tía, what are you doing in my mirror?"

"Your mirror? It's not your mirror, it's mine! You stole it! Thief, thief, thief!" Aunt Cristina screamed over and over, louder and louder.

"Do you want it?" questioned Marina. "You want your mirror? You can have it!" She angrily raised her baseball bat up into the air and swung it down—full force—on the mirror on top of the bathroom sink! Upon impact, the mirror shattered into a dozen pieces, but now every single piece of broken glass reflected her aunt's face.

"Thief, thief, thief!" the faces continued to cry out even as Marina began to scream. She screamed louder and louder until her voice went hoarse. Marina suddenly began to laugh. Softly at first, but then her laughter grew louder and louder. Marina's parents burst into the bathroom, having rushed from their evening out, and found Marina laughing to herself as she cowered in the corner surrounded by shards of glass.

"Marina, what's wrong?" asked her mother as she knelt to check on her. Marina looked up and her parents saw her crazed look.

"Thief!" she screamed. "Thief, thief!"

Marina had gone insane.

THE WITCH OWL

"Give me your baby sister!" demanded the witch owl. "Let me eat the meat off her bones and suck the juice from her eyes! Give me your baby sister, and perhaps then I'll let you live!"

The witch owl had been coming every night to Esperanza's house. She knew that the boarded up doors and windows would not be enough to keep the witch owl at bay. Alone with her baby sister, fourteen-year-old Esperanza had no one to turn to for help. Her only neighbors were Doña Tina and Don Antonio, and they were both too old and weak to help her make a stand against the witch owl. As she heard the witch owl tearing away at the front door, Esperanza closed her eyes and prayed for the morning light to come soon.

"We need to do something to help that poor child," said Doña Tina. "The witch owl has never bothered us because we have no children, but poor Esperanza and her baby sister are at the mercy of that monster."

"Yes, I agree," said Don Antonio, "but what can we do?" Trying to defend Esperanza and her sister, Don Antonio had already fallen prey to the witch owl. The monster had once snared Don Antonio with its talons, lifted him up into the sky and dropped him on top of jagged rocks. The encounter crippled him and left him confined to his bed. "It's not a normal owl we're dealing with here. The men who would have battled with the witch owl have either been killed by it or lost their courage and left town. Esperanza's own parents were killed by the witch owl."

"Perhaps Andina can help," said Doña Tina.

"Andina, that old witch?" questioned Don Antonio. "She's as bad as the witch owl!"

"No," said Doña Tina. "I have heard that she is a good witch. Perhaps she can help Esperanza and her baby sister."

"I don't know," commented Don Antonio, "using one witch to fight another . . . "

"A good witch, remember that," said Doña Tina.

Don Antonio knew better than to argue. He knew his wife's mind was already made up, and no force on earth was going to change it.

Andina was a petite woman with brown skin that hung from her bony frame like dried leather. Doña Tina remembered hearing how her parents used to talk about Andina. Her parents would scare their children into being good by telling them that Andina had never been young, that as far as they could remember, she had always been an old woman. There were even rumors that she wasn't human. It was said that one day the earth had just opened up and that she had climbed out of it.

"How can I help you?" asked Andina.

"This young girl and her sister need your help," said Doña Tina. She gestured for Esperanza to step forward.

Esperanza was carrying her baby sister in her arms. "A witch owl is stalking her and her baby sister. Maybe with your magic you can help them."

"I don't do magic anymore," answered Andina. "I am no longer a witch. When I gave up being a witch, I lost most of my magical powers."

Esperanza could not believe that this fragile old woman was the one that her mother claimed was in league with the devil. She had told her stories of how Andina could turn people into possums when it so pleased her.

"If you don't help me, the owl will take my baby sister. I need your help."

"I will try to help you, child, but understand that I am just an old woman now. The witch that you now face is powerful, maybe even more powerful than I ever was. Her name is Lucía, and I know this because she is my granddaughter."

"Your granddaughter?" asked Esperanza.

"I haven't seen her in more than twenty years, not since I gave up being a witch. Although Lucía is very powerful, she is not very clever. Perhaps we can trick her."

"How?" asked Esperanza. "You said you have no more magical powers."

"I have a weapon," said Andina.

"What is it?" asked Esperanza.

"Salt. It is the symbol of purity and its mere touch will repel the most evil of all spirits. Its touch is deadly to an evil creature like the witch owl. Once Lucía comes into contact with it, she will loose her powers. As soon as she is powerless, I will act." Andina placed her right hand on Esperanza's shoulders, "I have one last bit of magic left in me. But I must be careful. Go on, I must prepare for tonight."

Come nightfall, the witch owl returned to claim Esperanza's baby sister. The baby began to cry when it heard the witch owl land at the front doorstep. A small cloud of dust blew from underneath the door as the owl flapped its large wings and tapped on the door with its beak.

"Are you listening, Esperanza? I know you're there. Why not give me the girl? I will let you live," said the witch owl in a very calm voice. "I promise."

"You can't have my sister," answered Esperanza.

"I am going to have your sister, Esperanza. The only real question is whether I will get you, too. There was nothing that anyone could do to stop me, and there is nothing you can do either."

"No! Go away. You can't have my baby sister! I won't let you!" screamed Esperanza.

"Give me the darn child!" screamed the witch owl, finally losing its patience. "Give her to me or I will rip your eyes out!"

The witch owl began to claw away at the front door. Esperanza could hear as chunks of wood were being torn away from the door. In a mighty thrust, the monster's talons managed to tear through.

"Stop, Lucía," a voice suddenly called out.

The witch owl came to an abrupt halt, shocked at hearing its human name uttered.

"Who said that?" asked the witch owl and turned to see Andina standing behind her. "You?! Leave now, old woman. You have no quarrel here."

"It is you that is going to leave, Lucía," answered Andina.

The witch owl laughed. "You have no powers anymore, old woman. You may have been my teacher once, but you are no match for me anymore."

"I gave up my powers because I saw how they had corrupted you," answered Andina. "The magic I taught you wasn't meant to be used to hurt people, especially not children."

"Do you not hear the names children use when they talk about you? They say you're a witch, a monster."

"It doesn't matter," answered Andina. "You know the stories are not true. I don't care."

"I care!" screamed Lucía. "They called you monster. If it was a monster they wanted, then it was a monster they would get." The witch owl lunged at Andina, its talons extended so as to strike. Moving with an unexpected quickness for an old woman, Andina managed to avoid the razor-sharp talons of the witch owl. She then turned and flung a handful of salt at the bird's back.

"It burns!" the witch owl cried out as it tried unsuccessfully to take flight. "What's happening to me?" she asked as she fell.

"It's an old, old trick," said Andina. "Place salt on a witch owl's back, and it is denied the power of flight."

Clutching her baby sister in her arms, Esperanza watched as Andina sprinkled salt on the ground, making a circle around herself and Lucía.

"What are you doing, you crazy old fool?" asked Lucía, who had reverted to her human form.

"Remember how children would tell tales of how I first came into this world?" asked Andina. "Lucía, those

stories were true. I was never born. I am a spirit of the earth, and this is the very same spot through which I first entered the world. It is only fitting that it be the spot from which we both leave!"

The earth under Andina and Lucía's feet opened up and flames engulfed them both. Esperanza clutched her baby sister tightly as she watched both women being swallowed by the earth, never to be seen again. After the flames had died down, all that was left of the two women were two piles of salt.

THE WITCH'S REVENGE

"I will get you for this," threatened Doña Gertrudis, pointing her quivering, bony finger at my mom. "It's your fault that my Lucifer is dead!"

My mom knew better than to underestimate any threat coming from Doña Gertrudis, who had the reputation for being a witch. But she wasn't about to just stand there and take her abuse either.

"Martín, get Luisito in the house," she told me and then turned to confront Doña Gertrudis. "I warned you to keep that ugly, old cat away from my house."

It was true. Mom had asked Doña Gertrudis repeatedly to keep her big, old, ugly cat Lucifer away from our home. When I say that Lucifer was ugly, I mean really ugly. Lucifer had dozens of dry patches of skin all over his body where hair no longer grew. Yellow puss always appeared to be dripping from its hollow left eye socket. Lucifer was mean, too. He had scratched me three times already and was always scaring my baby brother Luis by hissing at him. We couldn't even play in our own backyard anymore because Lucifer had decided that it belonged to him. Mom would chase Lucifer away with a broom, but he always came back. She had warned Doña

14

Gertrudis that the next time she saw Lucifer in our yard there would be trouble.

When Lucifer showed up again, Mom kept her word and called the Animal Control department. The man who came was shocked to see Lucifer's sorry state. He decided that the most humane thing to do was simply to put the cat to sleep. Doña Gertrudis arrived at the pound too late to stop it.

"I will get you for this," warned Doña Gertrudis again before retreating into her house. "You'll pay for this, I swear it!"

On the following morning, I noticed that Mom looked very pale.

"Mom, are you okay?" I asked.

"I'm fine, Martín. I think I'm catching a stomach virus."

My father couldn't help but notice that my mother's skin seemed to be growing more and more pale from one moment to the next. Two large welts that looked ready to burst had begun to form on the left side of her neck. Mom blamed the welts on mosquito bites, but my father wasn't convinced.

"Honey, you don't look good at all," said my dad. "We're taking you to the emergency room."

When we got to the hospital, we had to wait about five hours before a doctor finally saw Mom. I waited impatiently in the lobby with my dad and baby brother until a doctor came to talk to Dad.

"Did your wife get bitten by a snake?" he asked.

"No, why?"

"We found traces of snake poison in your wife's blood," said the doctor. "Not enough to kill her, but certainly enough to make her very sick."

"Snake poison? How can that be?"

"I don't know," answered the doctor, "but we found two puncture wounds. We'd like to keep her in the hospital for a few days."

We decided to go home to pick up a few personal items for Mom.

"A snake? How did a snake get in the house?" Dad asked when we arrived at our house. We looked in the kitchen, the living room, the bedroom and the garage. There wasn't a single place that we didn't look, but we couldn't find anything. The next day, Dad called an exterminator that specialized in snakes, just to make sure there were none in the house.

"Are you sure your doctor said it was a snake?" asked the exterminator after he found no signs that a snake had ever been in the house.

Mom returned home three days later, and for a time it seemed as if everything was going to be okay . . . until Friday.

We had early release from school on Friday, so Luis and I got home early. We opened the door and heard a hissing sound coming from our mom's bedroom.

"Mamá!" Luis cried out.

We found Mom on the bed. Her eyes were glazed over as if she were hypnotized. A giant, black snake was sitting on her chest and its fangs were about to sink into her neck.

"Get away from her!" I cried out as I threw my backpack at it.

The snake turned and hissed at me, then slithered off our mom and moved toward us.

"Luis, run to the neighbors and get help," I ordered.

The snake circled around me. I tried to run away, but it cut me off at every turn. I cowered in a corner and watched as the ugly serpent raised its head high into the air as it prepared to strike. Helplessly, I closed my eyes and shielded myself with my arms!

BOOM! BOOM! BOOM!

I opened my eyes and saw my dad standing at the doorway, clutching a smoking gun. He had been calling all day and had left work during his lunch hour to come home to check on Mom when nobody answered. When he arrived he found Luis crying outside and ran inside to help us. He managed to shoot the snake on the side of its head. We watched as the snake thrashed about in pain, its gushing blood splattering on the walls. It continued to hiss violently, even as Dad took careful aim with his gun again.

BOOM! BOOM! BOOM!

The snake dropped lifeless to the floor.

My father rushed over to check on Mom. She was alive, but she was shaking violently and her skin was pale. Luis and I followed Dad as he carried Mom to the car to take her to the hospital.

We were able to get Mom to the hospital on time; she was going to be okay but had to stay a couple of days for observation.

We returned home to pick up a change of clothes for Mom and meet with Animal Control which was coming to get rid of the dead snake. We were shocked to see that the snake's body was gone. Dad was confident that he had mortally wounded the snake, but all that was left was a trail of blood leading out of our house. Not wanting to leave the snake alive, we followed the trail to

Doña Gertrudis' house. Dad knocked on the door, but Doña Gertrudis didn't answer. Dad got worried, so he called 911. When the police arrived, they forced their way into the house. I would later learn from Dad that Doña Gertrudis had been found lying dead on her living room floor, her body covered in blood from a gunshot wound to the side of her head. Next to her was the discarded skin of a very big, black snake!

THE ELMENDORF BEAST

"Vincent, hurry up and finish locking up that pig for the night. It's getting dark," said Grandpa Ventura, reminding me that it wasn't safe to be out after sunset.

For the past two weeks now, nobody in the small town of Elmendorf had dared to be out late, not since the animal mutilations had begun. It was Friday morning when farmer Martínez found Lucille, his prize show pig, dead in his cornfield. All but her head had been eaten. Soon, other animals began turning up dead, too. People at first had blamed the slaughter on the Chupacabras, but soon realized that they were mistaken. El Chupacabras may drink the blood of animals, but it doesn't actually devour them. No, these killings were the work of a brand-new and mysterious creature that the town had come to call the Elmendorf Beast. Only a small handful of people had actually ever seen the creature. They all said that it had the head of a wolf with white eyes that shone like twin moons. It had grey skin that was as thick as dried leather, making it nearly impervious to shotgun blasts. Its long, sharp teeth and claws were said to be able to rip any animal in two.

I hurried up and finished locking up Pepe, my pet pig. I had raised Pepe since birth. Born the runt of the litter, nobody had even considered that Pepe would live past a few days. Still I had bottled-fed Pepe with evaporated milk, refusing to surrender to what everybody believed was its inevitable fate. Pepe ended up surprising everybody in the end. Not only had he survived, but he had grown to be the biggest and fattest pig in all of Elmendorf. As a baby, Pepe had slept with me in my bed, but soon he became too big for that. I had been forced to put Pepe outside in the pen with the rest of the pigs. My grandmother would often comment how many tamales she could make if Pepe was the key ingredient. "We could probably eat tamales for a whole year." Still, Grandma knew just how much I loved Pepe, so there was really no danger of my pig ending up as the filling for her tamales. Besides, Pepe was more like a guard dog than a pig. He would courageously chase off coyotes that were frightened by his massive size. He would also squeal real loud if ever there was any danger nearby.

"Are you sure he will be okay?" I asked. "Are you sure the Elmendorf Beast won't get him, Grandpa?"

"Pepe is big enough to send coyotes running scared," answered Grandpa Ventura. "I am sure that if the Elmendorf Beast ever dared to show its face Pepe here would send it running off with its tail between its legs."

I smiled, Grandpa Ventura was probably right. Pepe wasn't just big and strong after all; he was also smart. He knew how to find his way home should he ever get lost, and he could follow commands like a dog. "You will be fine," I said, reassuring Pepe that there was nothing to fear.

I took a bath and got ready for bed. As I was brushing my teeth, I heard the loud sound of pigs squealing. I ran down the stairs.

"Did you hear that?" I asked my grandfather who was already downstairs loading his shotgun. "Let's go," I said, reaching for my own shotgun. "I want to make sure Pepe is okay."

"Stay here," said my grandfather. "I'll go and check to see what's got the pigs all riled up."

"I want to make sure Pepe's okay."

"I'll check on him too," said Grandpa Ventura.

"What if it's the Elmendorf Beast?" I asked, but my grandfather was already out the door.

I waited by the doorway. "I don't like having to wait. I should be out there, too. Pepe is my pig."

BOOM!

The sudden shotgun blast startled me. I took off running in the direction of the blast.

"Grandpa, where are you?"

"Run, Vincent, get out of here!" I heard my grandfather scream from behind the barn.

Shotgun in hand, I ran toward him. When I made it to the barn I saw my grandfather—face first—on the wet earth, bleeding from his left arm. He was struggling to get back up, but the Elmendorf Beast had its right paw on top of him. It was pinning him down. It was getting ready to sink its ivory white teeth into Grandpa Ventura's neck. I aimed my shotgun at the Elmendorf Beast and fired.

BOOM!

BOOM!

I missed, and missed badly! The Elmendorf Beast charged at me and knocked me down to the ground. It was ready to attack again when a sudden impact knocked it to the ground.

"Pepe!" I cried out as I caught sight of my pet pig charging at the Elmendorf Beast. The impact of the second blow sent the monster reeling back down to the ground.

Having seen me in danger, Pepe had broken free from its pigpen and charged at the monster with no regard for its own safety. The Elmendorf Beast tried to rise back up just as Pepe rammed into it once again. Pepe was forcing the Elmendorf Beast closer and closer to the edge of the cliff behind the barn.

"The river—Pepe is trying to force the monster off the cliff and into the river below. You really are one smart pig," I said while I helped my grandfather get back up on his feet.

Pepe continued to push and shove at the Elmendorf Beast. He forced the monster closer to the edge. Pepe rammed his head at the Elmendorf Beast's stomach with all his might, but he got careless. The Elmendorf Beast managed to sink its claws into Pepe's back at the last minute.

"No!" I cried out as I saw both Pepe and the Elmendorf Beast fall into the waters below. My grandfather and I could only watch as both Pepe and the Elmendorf Beast thrashed about in the water. The Elmendorf Beast was putting up a fight. Even in the water, Pepe managed to break free and continued ramming its head into the monster's side.

Trying to reach Pepe before it was too late, Grandpa and I rushed down the cliff. By now Pepe had swam away from the Elmendorf Beast. A well-placed head butt had left the monster momentarily dazed and confused giving Pepe a chance to escape. Pepe had made it to the shore, but the fight left him exhausted and wounded. The Elmendorf Beast also reached the shore and crawled out of the water. When it caught sight of Pepe lying on its side trying to catch its breath, the Elmendorf Beast howled triumphantly and licked its chops.

BOOM!

The Elmendorf Beast grabbed its face as my shotgun blast took out its left eye.

BOOM!

My grandfather hit the beast with a second shot and sent it reeling back into the creek. Wounded and utterly exhausted, the Elmendorf Beast let the current take it downstream.

"Nobody messes with my pig!" I screamed as I ran to Pepe. Together with my grandfather, we watched until the monster vanished from sight.

LLORONA 9-1-1

"Bloody Mary, Bloody Mary." Juliet paused for a moment and took a deep breath before uttering the name a third and final time. "Bloody Mary." She turned to look at her friends Cristina and Janie. "Okay, I said her name three times and I am standing in front of a mirror. Now what?"

"Now you have to turn off the lights and then count to three," said Cristina.

"Don't do it," warned Janie. "I'm scared."

Juliet reached for the light switch, her eyes not once looking away from the mirror that stood in front of her. She turned it off and began to count.

"One . . . Two . . ."

If the legend was true then she would see the ghost of Bloody Mary staring back at her.

"Three." Juliet turned on the light. "Nothing. I told you all it wasn't real, there's no such thing as a Bloody Mary curse."

Cristina and Janie were having a slumber party at Juliet's house, and just for fun they wanted to see if any of the legends that they had heard were real. The curse of Bloody Mary would be the first legend to bite the dust.

"What's next on the list?" asked Juliet.

"Llorona 9-1-1," answered Cristina.

"Let's not do that one," said Janie. "I'm scared."

"How does that legend work?" asked Juliet.

"First you dial Llorona 9-1-1 and then hang up. You will get a phone call back two minutes later," said Janie.

"What's so scary about that?" asked Juliet.

"It's who's calling you back that's the scary part," answered Janie. "It's La Llorona that you hear screaming at you from the other end of the line."

All three girls knew the story of La Llorona. Born to poverty, she was unable to provide for her own children. This had driven her insane and, in a moment of sheer lunacy that some believed was induced by the full moon, she drowned her children in the river. When she regained her senses and realized what she had done, she drowned herself in the very same river. Because of the hideous nature of her crimes, however, her soul wouldn't be allowed to rest. She was cursed to walk the earth forever as a tormented soul looking for her children. They say that she now steals children so as to claim them as her own.

"I'll do it," said Juliet. "I'm not afraid." She reached for the phone receiver and dialed the number.

L-L-O-R-O-N-A-9-1-1.

She immediately hung up and waited for two minutes to pass.

"I told you it wasn't real," said Juliet, noticing that the two-minute deadline was about to elapse. "I guess that will be one more legend that bites the dust tonight."

RING!

RING!

RING!

All three girls stared at the phone, reluctant to answer it. Finally Juliet mustered the courage to pick up the receiver. "Hello?"

"Where are my children?" asked a woman's voice coming from the other end of the line.

"Who is this?" asked Juliet.

"Where are my children?"

Juliet promptly hung up. "Okay, who did you all get to do this?" she asked, convinced that either Janie or Cristina had gotten somebody to call back as a prank.

"I didn't do anything," said Cristina.

"Don't look at me," said Janie. "I'm scared!"

RING!

RING!

RING!

Juliet answered the phone again.

"Hello."

"Where are my children?" the Weeping Woman's voice asked again. "Do you have them? Do you have my children?"

"Who are you?" asked Juliet. "What do you want?"

"I want my children."

"We don't have your children!" screamed Juliet and hung up.

"I'm scared!" screamed Janie. "Who is that calling?"

RING!

RING!

RING!

"What do you want?!" screamed Juliet as she picked up the phone. "Why don't you just leave us alone?"

"I want my children!" screamed the woman's voice. "I'm coming to get my children!"

Juliet hung up.

"We have to call the police," said Cristina.

"I'm scared!" screamed Janie.

RING!

RING!

RING!

"Don't answer it anymore!" screamed Janie. The girls let the phone ring until suddenly the answering machine picked up the call. "Nobody's home," said the recording on the machine. "Please leave a message."

"I'm almost there!" they heard the woman's voice scream out at them from the answering machine. "I'm almost at your door!"

KNOCK.

KNOCK.

KNOCK.

"Someone's knocking at the front door," said Cristina.

"I'm scared!" screamed Janie.

All three girls watched as the front door inexplicably unlocked itself and the doorknob began to turn slowly.

"What's happening?" asked Cristina.

"I'm so scared!" screamed Janie.

All three girls watched as the door slowly creaked open. A very pale-skinned woman in a white dress splattered in blood was standing at the doorway. She looked up at them with bloodshot eyes.

"Do you have my children?" she asked as she entered the room.

"We don't have your children!" screamed Juliet.

"Wrong," said the woman, smiling at them through blackened teeth. "You are my children!"

All three girls screamed as the door suddenly swung shut behind the woman in the blood-stained dress!

BORDER WATCH

"How are you holding up, Damian?" asked Martin, noticing that his young rookie partner was falling asleep at his post.

"Is it always this boring out here?" asked Damian.

"You young bucks are all the same," commented Martin, "always hungry for action and adventure."

Martin Torres had been a border patrol agent for more than twenty years, and in that time he had trained dozens of rookies. Damian was younger then most, but he was smart as a whip—although he did lack patience. Martin knew that a lack of patience could all too often get a man killed.

"You'll have to learn to be patient, son," said Martin. "Patience is a big part of being a border patrol agent." Martin realized that his words were falling on deaf ears. Barely in his twenties, Damian was hungry for adventure.

"I guess our jobs will be obsolete after the wall goes up," said Damian, referring to the wall that was being built along the border to keep undocumented immigrants out of the country.

"I wouldn't say that," answered Martin. "A wall doesn't represent a real solution to any problem."

"So what is the solution?"

"I don't really know, son," said Martin, "but I do know that there are some things that a wall just can't keep out."

"Like what?"

"When you've been at this job as long as I have, you get to see some mighty strange things that one can't readily explain," said Martin.

"Like what?"

"One night, for example, I saw blinking lights in the sky that belonged to neither a plane nor a helicopter."

"What was it?" asked Damian.

"I can't rightfully say . . . aliens maybe?"

"Illegal aliens?" asked Damian jokingly.

"No, not illegal aliens," said Martin. "I mean real aliens."

"You mean like UFOs, little green men and all that?"

"Could be. You never know what you're going to run into out here along the border at night. Strange things happen all the time. Just two weeks ago we began to find dead animals along the river."

"What's so strange about that?" asked Damian. "It's probably a pack of coyotes."

"I doubt that."

"Why?"

"Because coyotes usually eat their prey, not drain them of their blood."

"What animal does such a thing?" asked Damian.

"Maybe it's not an animal . . . maybe it's El Chupacabras . . . ."

"El Chupacabras," commented Damian laughing. "El Chupacabras isn't real, it's just a legend. You know, a myth." Damian was familiar with the legend of El Chu-pacabras, the blood-sucking monster that fed on the blood of animals.

"Is it a myth? Are you sure?"

"Hey, I think I just saw something moving down there by that clearing," said Damian.

"Probably just a boar," said Martin.

"What if it's illegal aliens crossing the border? We should go and make sure," said Damian.

"Let's go look," said Martin, "but it's probably just an animal, as I said."

Martin and Damian got into their jeep and drove to the clearing. Martin carefully scanned the surroundings before getting out of the jeep; he didn't want any surprises. Damian, on the other hand, jumped out of the jeep and practically ran to the center of the clearing.

"Rookie mistake," Martin whispered to himself. "Why don't you just wear a bull's eye on your chest while you're at it?"

"I've found something here," said Damian.

"What is it?" asked Martin.

"It's a trail of blood. It leads to that wooded area over there. Maybe an illegal alien got hurt crossing the river."

"Yes," said Martin, "or maybe . . . judging by those markings on the ground . . . some wild animals got into a fight. Either way it's too dangerous to go after it."

"Are you for real?" asked Damian. "We have to go in after it."

"Kid, I've been at this job a lot longer than you have," said Martin sternly. "You'd better start listening to me or you're going to get yourself killed out here. I've got to go back to the jeep and radio for help, just in case."

Martin was on the radio calling for back-up when he heard a blood-curdling squeal that came from the woods. He turned and saw Damian running in that direction.

"Don't go in there, rookie," he screamed. "We need to wait for back-up. Don't be a hero, kid!"

"This is weird," Damian told himself as he aimed his flashlight at the trail of blood on the ground that abruptly ended. "U.S. Border Patrol!" he called out. "I know you're here, so you might as well just give yourself up."

As his eyes scanned his surroundings nervously, he began to think that perhaps running into the woods without back-up was not the smartest thing for him to do. Damian suddenly heard sucking sounds coming from up in the trees. He aimed his flashlight upward and caught sight of a horrifying image. Perched at the top of one of the trees were three green-skinned and red-eyed creatures that were feeding on the body of a dead boar. Damian could hear the creatures make sucking sounds as they drained the beast of its blood.

"The Chupacabras!" he suddenly cried.

The creatures caught sight of Damian and let go of their victim. The bloodless, dead carcass of the boar fell at Damian's feet. The Chupacabras began to climb down from the tree hissing at Damian. They bore their ivory teeth as they made a sucking sound. Too frozen from fright, Damian could not move, even as Los Chupacabras surrounded him.

BOOM!

BOOM!

The sudden sound of gunfire sent the Chupacabras hissing and running back up the trees. Damian turned around and saw Martin wielding a double-barrel shotgun.

"Are you okay?" asked Martin.

Damian was speechless and too frightened to move. He now understood what Martin meant when he said that there are things that a wall just can't keep out.

DONKEY LADY

A long time ago, a sixteen-year-old girl named Josefina lived in a small border town with her father Don Alejandro and baby brother Joaquín. Her dad bred donkeys to sell, and she would tend daily to the herd as it grazed in the fields. Children had playfully given Josefina the nickname "The Donkey Lady," which didn't really bother her. She knew they meant no malice. The young men that lived in the border town, however, called her a different name, "Princesa." These young men were constantly seeking to impress her so as to win her heart. They all wanted to be the lucky one that would marry her one day. The most determined of these young men was a youth named Santana, whose father was Don Ignacio, the wealthiest man in town.

Don Ignacio's wealth came from the lands that he leased to other farmers. Everybody liked him because he treated people fairly. He never demanded more than his fair share from the farmers. His good nature, unfortunately, was not passed down to Santana. Don Ignacio blamed himself for this, for he loved his son so much that he spoiled him by giving him everything. He was hopeful that his son would one day meet a woman who would make him change his selfish ways. For that reason, Don Ignacio was pleased when Santana asked him to arrange his marriage with Josefina. Don Ignacio knew Josefina was a fine young lady, and he approached Don Alejandro who was reluctant to allow his daughter to marry Santana. Don Alejandro knew Santana would never make a good husband because he was spoiled, arrogant and had a fiery temper. He was not about to let his daughter marry such a man. Still, Santana felt his father's fortune and good name would have been enough to convince Don Alejandro, but he was wrong. Not only did Don Alejandro not approve of him, Josefina was not impressed by their wealth and didn't want to marry him.

"I cannot marry you," she told Santana, "I don't love you."

Santana was furious. He was accustomed to getting whatever he wanted and couldn't stand to be rejected by Josefina. The love he felt for her soon turned to unbridled hate. He began to plot how he would take revenge on her. He waited for the right time, which arrived two weeks later when, under the cover of darkness, he made his way to the small house where Josefina and her family lived. He set fire to the house! Santana laughed out loud as he heard the screams coming from inside the burning house.

"Wake up! Wake up!" cried out Josefina when she realized that the house was engulfed in flames! She ran to her father's bedroom and awakened him and her baby brother. "We need to get out!"

As they tried to escape, the roof collapsed on top of her father and baby brother, killing them both instantly. Josefina's nightgown also caught on fire. Blinded by the searing pain, Josefina threw herself out of a window. Her burning body rolled down a hill until it fell into the nearby creek and was carried away by the current. It was then that she heard the mocking laughter of the man who had set fire to her house.

"Santana, it is Santana who has done this to me and my family. It is Santana who now mocks me with the nickname the children gave me, 'Donkey Lady'!"

"Terrible tragedy," commented Don Ignacio to Sheriff Martínez. "She was so young. It's just tragic what happened to Josefina and her family. To be burned alive, I can't even imagine what they went through in their last moments, and her brother was just a baby."

At the request of Santana, Don Ignacio paid for the family's burial. His father had been touched that his son would show such tenderness toward the misfortune of others. What he didn't know was that Santana had recommended this to his father in order to throw off any suspicion that he might have had any involvement in the tragedy.

"Paying for the coffins to bury the family was very generous of you," said Sheriff Martínez.

"My son was very fond of Josefina," said Don Ignacio.

"I only wish we could have done something more," Santana added. "Have they found her body yet?"

"No," answered Sheriff Martínez. "We searched the remains of the house, but found only her father and baby brother. She might have managed to get out of the house, but if she did, we haven't been able to find her."

"You think she survived?" asked Santana.

"Maybe," answered Sheriff Martínez. "She could be out there hurt. If we find her, then maybe we can find out what, or who, caused the fire."

"Surely it was an accident," said Santana. "Do you suspect foul play?"

"You never know," answered Sheriff Martínez. "If Josefina is still alive and we find her, we'll know exactly what happened."

Santana didn't like what the sheriff had said. What if Josefina was still alive? What if she had seen him set the fire? But if Josefina was still alive, then why hadn't she made herself known to anybody? There were too many unanswered questions for Santana. He needed to make sure Josefina was dead.

That evening, Santana went to the burnt remains of what had once been Josefina's house. He noticed some faint footprints that had been burnt into the dried grass that led to a creek behind Josefina's house. Could Josefina have survived? He walked along the creek, looking for any signs that might tell him what had happened to Josefina. "I should leave," Santana told himself. "It's beginning to get dark."

"Donkey Lady! Donkey Lady! Donkey Lady!"

The sudden voice startled Santana.

"Who's there? Who said that?"

"Donkey Lady! Donkey Lady! Donkey Lady!"

Santana began to follow the voice into the woods. "Where are you? Show yourself!" he cried out.

"Donkey Lady! Donkey Lady! Donkey Lady!"

Suddenly, Santana caught sight of a woman standing by the creek, her face concealed by shadows as she stood silhouetted against the full moon. Santana dropped

down to his knees, shocked at the sight of the once-beautiful Josefina. Part of her mouth had been burnt away. It now mimicked a donkey's toothy grin! Her hands were fingerless, burned into blackened rock-like stumps that looked like the hoofs of a donkey.

"Josefina, is that you?" asked Santana.

"Josefina?" asked the burnt figure that stood before Santana. "I am not Josefina anymore. You can call me Donkey Lady!"

Santana tried to run, but Josefina lunged at him, knocking him into the creek.

"Donkey Lady! Donkey Lady! Donkey Lady!" she cried out as she struck at Santana's face again and again. "Donkey Lady! Donkey Lady! Donkey Lady!"

The dead body of Santana was found the next morning floating in the creek. Nobody knew who was responsible for his death. The only clue was hoof prints on his chest and face.

GIGGLES THE CLOWN

"Is he here yet?" asked Teresa.

"I don't see him," said María. "Are you sure he said to meet him here?"

"Julián said to wait for him in the old gym," said Teresa.

"Maybe he lied to you?"

"Julián wouldn't lie to me," said Teresa. "I trust him."

"Julián is the class clown. How can you trust him?"

María knew that Teresa had developed a crush on Julián, but she considered him to be nothing but trouble.

"Boo!"

"Julián!" cried out a startled María. She had been unaware that he had been standing behind them.

"Don't do that again," said María.

"Don't do what?" asked Julián.

"Don't creep up on me. I don't like it when you do that."

María knew that Julián considered himself to be a great prankster, but all of his jokes always came at the expense of others. Just two weeks ago he decided that it would be fun to set off the school's fire alarm between classes. His actions sent the school into a panic and its star quarterback reeling down a flight of stairs during the chaos. The end result was a broken leg for the quarterback. The coaches were all furious at Julián. His actions cost the school what could have been a winning football season.

"So when do we get to see the ghost?" asked Teresa.

"Let's go hide behind the bleachers and wait," said Julián. "Giggles the Clown won't show up if he sees us."

"Giggles the Clown?" asked María. "What kind of a name is giggles for a ghost?"

"Hey, that's what they call him, okay?" said Julián.

"María is new to the school," said Teresa. "She's never heard the story of Giggles the Clown." María had arrived from El Paso on the second six weeks, and she and Teresa had become good friends. "Why don't you tell her the story, Julián?"

"When Tommy Giggles was a kid at this school, he was always getting into trouble. People just didn't understand his sense of humor. In a lot of ways, Tommy Giggles was a lot like me. He understood that it was fun to play tricks on others. So what if somebody fell down a flight of stairs and got hurt. Big deal! People should just be able to take a joke, for crying out loud. The school principal at the time, Mr. Salinas, didn't think Tommy Giggles' jokes were very funny either. So when one of the jokes caused the boys' restrooms to catch on fire, he expelled Giggles from school for the rest of the year. This made Giggles very angry, and he swore that he would get revenge on the school principal. He waited until Awards Night to get his revenge. He knew that he needed a disguise so that nobody would ever recognize him. Everybody was always calling him the class clown, right? So why not live up to the name, he thought. He painted his face white and his lips red, like a clown. He then put on a bright green wig. Soon Tommy Giggles looked like a genuine clown. Nobody would ever recognize him for sure."

"What did Tommy Giggles plan to do to get even with Mr. Salinas?" asked María.

"When Awards Night finally came, Tommy Giggles snuck into the gym and made his way under the stage. He knew that Mr. Salinas would soon be standing at the center of the stage, speaking to the students and their parents. Tommy Giggles planned to set off a whole mess of firecrackers under the stage. This spectacle was sure to send the crowd into a panic. Then amid all the confusion that was sure to come, he would crawl out from under the stage and pop Mr. Salinas in the face with a pie he had prepared especially for him, filled with spoiled mayonnaise, vinegar and shaving cream. Mr. Salinas wouldn't know what had hit him until it was too late. Best of all, he wouldn't even know that it was Tommy Giggles who got the last laugh on him. His plan was a thing of true beauty."

"So did Tommy Giggles pull it off?" asked María.

"Unfortunately, no," said Julián. "He used way too many firecrackers, and the whole stage caught fire. Poor Tommy Giggles was burned alive under the stage!"

"That's horrible," said María.

"Kids now say that the spirit of Tommy Giggles haunts this old gym. They call him Giggles the Clown, and they can sometimes hear him laughing in the gym. Some kids have even seen him. One girl says that she

was chased around the gym by him. Poor Giggles, I guess he won't rest until he finally gets even with Mr. Salinas."

"Whatever happened to Mr. Salinas?" asked María.

"He died when I was just four years old," said Teresa. "He was my grandfather but I don't really remember him much."

"He was?" asked María.

"You're related to Mr. Salinas? That's very interesting," Julián commented with a smile on his lips.

"Teresa, let's go," said María, who suddenly became very scared. "I don't think we should be here."

"Don't you want to see Giggles the Clown?" asked Julián.

"No, I don't!" screamed María. "Let's go, Teresa."

Teresa, however, wasn't leaving, "I do want to see Giggles the Clown. If you're too scared, go. I'm staying here with Julián."

María didn't like leaving Teresa alone with Julián, but she was too scared to stay.

"Scaredy cat, scaredy cat," Julián called out when María left the gym. "María is a scaredy cat." He then ran out from under the bleachers and stood in the center of the gym. "Don't you want to see Giggles, María?" he screamed. "I'm sure he wants to see *you!*"

"What do you mean?" asked Teresa, who was having second thoughts about having stayed with Julián. He was acting very strange. He all of a sudden started giggling for no reason at all.

"You'll see," answered Julián between giggles. "You'll see very soon, I promise. Look, there he is!" he pointed to the center of the gym floor where he was standing.

"Where?" asked Teresa. "I don't see him."

"Right here," said Julián. "He's standing right in the center of the gym floor. He's doing cartwheels."

"What are you talking about?" asked Teresa. "There's nobody doing cartwheels on the gym floor."

"Sure there is," said Julián. "Let me show you." Julián then started doing cartwheels. He flipped from one end of the gym floor to the other. "Do you see him now?"

"See who?" asked Teresa, who was starting to get scared. Julián sure was acting creepy. "I only see you. I don't see any Giggles the Clown."

"Look closer. Look really close," Julián said and then started cartwheeling toward her. Right before Teresa's eyes, Julián began to change. His face began to turn pale white and his lips turned blood red. With each flip he took, his hair turned greener and greener. Soon he was standing right in front of Teresa, transformed into the horrifying visage of Giggles the Clown.

"Julián, what happened to you?" screamed Teresa.

"Julián? There is no Julián here," answered Giggles the Clown. "There never was a Julián. I wasn't able to get your grandfather, but you will do just fine!" Julián smiled, revealing sharp canine teeth.

Teresa screamed, "Stay away!"

"Stay away? But I've got something for you," said Julián.

Teresa watched in horror as Julián now held a huge pie in his hands!

THE GHOST IN THE RED ROOM

"I want a room for the night," said the traveling salesman to the innkeeper.

"We only have one room available right now," said the innkeeper. "It's the Red Room, but I'm not really sure that you would want it."

"Why not?" he asked. "Is something wrong with it?"

"Oh no, Señor. It's a very fine room. Actually, it's the very best room that we have."

"Do you think it's too expensive for me? I'll have you know, sir, that I have money," said the traveling salesman angrily. He was offended that the innkeeper would dare think that he couldn't afford the very best room that they had.

"Oh no, Señor," said the innkeeper. "It's not that I think you can't afford the room. In fact, the Red Room is the least expensive room that we have, it's only forty dollars per night."

"Forty dollars a night for the best room that you have! What do your other rooms rent for?" asked the traveling salesman.

"They can run from one hundred and fifty to two hundred dollars a night," said the innkeeper.

"Forty dollars for your best room, that's a steal. But why is it so cheap?"

"A bargain is not always a bargain, Señor," said the innkeeper. "The room is haunted by the ghost of Rosario Cantú."

"It's haunted by whom?"

"I said that the room is haunted by the ghost of Rosario Cantú."

The salesman burst out laughing. "You've got to be kidding me, my good man. Don't tell me that you believe in ghosts?"

"I didn't at first, Señor," said the innkeeper, "but I've been at this job for a very long time and I've seen many strange things that I can't rightfully explain."

"Like what?" asked the salesman.

"I have seen the ghost of Rosario Cantú floating up the stairs as it makes its way to her room. The Red Room is painted all in red, namely because it was Rosario's favorite color. Everything is red, Señor, the curtains, the bed sheets, even the tub. The ghost of Rosario herself is always dressed in an elegant red gown."

"Why would she haunt this room in particular?" asked the salesman.

"She is waiting for her true love, Señor. Before her death, she was married to a fine military general, Joseph Tatum. He was always getting reassigned to different parts of the world, so it didn't make sense for them to purchase a house. Instead, they rented a room here for quite some time. The general paid a lot of money to have the room painted in his wife's favorite color. Shortly afterward, the general was called to go to war. It was heart-breaking for Rosario, but she understood that it was her husband's duty to go and defend the country. She swore that she would await his return. The poor general, however, was mortally wounded in combat. Rosario went insane upon learning of her husband's death. She refused to accept that he was gone. Each evening, she would dress in her finest red gowns and sit downstairs to await his return. At the end of each day, she would go upstairs and cry herself to sleep as she called out to her lost love. One night she drank poison and killed herself."

"That is a very tragic story, my friend," said the salesman, "but what does that have to with me not wanting the room."

"Are you not afraid of ghosts, Señor?"

"I don't believe in them," he answered. "I never have and never will." That being said, he handed the innkeeper his credit card. "I'll take the Red Room for the night, my good man."

After the innkeeper helped him carry his luggage up the stairs, the traveling salesman was pleasantly surprised with the room he had rented for the night.

"The Red Room is indeed the best room at this inn," commented the traveling salesman to himself as he looked over the room. Sure, the red decor was overdone, but it was by far the most spacious hotel room he had ever rented. A black and white photograph in an oval-shaped frame hung on the wall next to the bed. A raven-haired woman attired in an elegant gown seemed to be staring back at him. "Are you the famous Rosario Cantú?" he asked the photograph as if he were expecting it to answer him. The woman in the photograph, he had to admit, was truly breathtaking. "Well, I must say,

Rosario, you sure were a looker when you were alive. I wouldn't mind it one bit if you came and haunted me tonight," he added laughing.

The salesman was tired after having been on the road for more than twenty-four hours. He was headed to the company's annual convention in Houston, where he was scheduled to receive the Salesman of the Year award. He would have been there by now, except he had never been one to pass up any potential sales. Along the way, he visited a dozen homes trying to convince parents that purchasing encyclopedias was a good investment in their child's future. He had come up with twelve sales.

To prepare for bed, the salesman took a quick bath and then got into bed. As was his custom so as to help him fall asleep, he began to read from a book that he had been carrying in his suitcase for the last few days. He was snoring before he even turned the page.

A subtle knocking at the door aroused the salesman from his sleep. The knocking was followed by a slow creaking of the door as it opened. Suddenly, a burst of cold wind forced the salesman to jump up from his bed and rush over to close the door. He would have to complain to the innkeeper about the faulty door in the morning. Back in his bed, he pulled the covers over his head and was almost asleep, when he heard the wooden floor begin to creak as if someone was stepping across it. Peeking from underneath his bed sheets, he saw that the bedroom curtains had been opened.

"Get a hold, good fellow," the salesman told himself. "I'm sure that the curtains were already open. It's just my imagination working overtime. That's what I get for listening to all this ghost nonsense."

He pulled the bed sheet over his head and tried to go back to sleep. It was then that he felt something or someone suddenly lay down right next to him. He felt a cold hand reach under the covers and touch him on his right shoulder. Too scared to scream, the salesman slowly turned to see just who had gotten into bed with him.

"Rosario?"

"You are not my husband!" cried out a woman. She looked just like the woman in the photograph next to his bed. "What are you doing in my bed?" she asked, her voice rising louder and louder as she began to float higher and higher into the air.

The salesman jumped out of bed and grabbed his car keys from the nightstand. He bolted out the door, running so fast that he lost his footing and tumbled halfway down the stairs. He jumped right back up and ran past the innkeeper without even bothering to check out. He made his way to the parking lot, jumped into his car and sped away as fast as he could.

"I warned him," said the innkeeper with a smile on his face. "I warned him, but he didn't listen."

THE MAN WITH THE BURLAP SACK

"Lupe, are you sure nobody lives here?" asked Benny.

"Benny, you know perfectly well that this old house has been abandoned for years."

Lupe knew all too well that he and his cousin from California shouldn't be in old man's Jones' house. The house looked like it was ready to come tumbling down, but that was not the reason they shouldn't be there. It also had nothing to do with the ghost stories that were told about old man Jones. No, the real reason they shouldn't be there was tucked in one of his jean's pockets.

The Jones house was across the street from Lupe's own house, and he had chosen it because he knew that nobody would ever think of looking for them there. Everybody stayed away because the place was creepy.

"I don't know," said Benny, "maybe we shouldn't be doing this . . . Mom says smoking is bad for you. Remember how she's always getting on Grandpa's case? She always tells him that smoking will kill him."

"Don't be such a wimp, Benny," said Lupe. "We went through all the trouble of stealing Grandpa's cigarettes, and now we aren't even going to try them?"

Lupe reached into his pocket and pulled out the pack of cigarettes they stole. He pulled out two cigarettes and handed one to his cousin Benny. "Did you bring the matches?" he asked.

"I brought them," said Benny. "So what's the story on this place? Why is it abandoned?"

"My dad said that a creepy old man named Mr. Jones used to live here," said Lupe. "Dad said Mr. Jones was a little odd, downright weird. He would do things that other neighbors couldn't understand."

"Like what?" asked Benny.

"Dad said he would sit outside with his head wrapped in foil paper. He would say that red-eyed evil spirits were looking for him and could find him by reading his thoughts. He said the foil paper shielded his thoughts and this wouldn't let them locate him."

"Are you serious?" asked Benny.

"Hey, that's what Dad says. Mr. Jones would also sprinkle salt in front of all his doors and windows to keep evil spirits away."

"Okay, so maybe the man was crazy," said Benny.

"No, it was more than that," added Lupe. "Mr. Jones said he had been possessed by evil spirits as a child and that they made him do horrendous things. A priest had to perform an exorcism on him to free him from their control. Supposedly this made the spirits very angry and that's why they haunted him. Dad says he was fairly harmless, so everyone pretty much left him alone. That's until four high school kids decided to give him a hard time."

"Really? Who were they?" asked Benny.

"Terry, Roberto, Luis and Braulio. Luis and Braulio's dad was Sheriff Pete Mendoza, Roberto's dad was Judge Blas Martínez and Terry's father was Mr. Holder, the richest man in town. You can imagine just how much they got away with—smoking, drinking, speeding, you name it."

"What would they do to him?" asked Benny.

"All kinds of stuff," said Lupe. "They would throw rocks at his house and break his windows. They would sneak into his yard and stomp all over his flowers. One time they even stole his pet cat and shaved off all of its hair."

"That's funny," said Benny.

"Mr. Jones didn't think it was funny. He got very angry," said Lupe. "After they shaved his cat, he began chasing after them with a broom. They would always get away because they could run a lot faster than him, but one day he got lucky and managed to whack Roberto over the head. Dad said that Mr. Jones was about to whack him again, when he noticed that the kid was bleeding from his face. Roberto took off running and told Judge Martínez that the old man had hit him over the head with a broom—for no reason. Judge Martínez was furious and confronted Mr. Jones. When the old man told him what Roberto and his friends had been doing, he refused to believe it. Judge Martínez said that his son and his son's friends wouldn't do such horrendous things. He called Mr. Jones a liar and a weirdo. It didn't help that the other kids backed up their friend's lie. Soon, all the other kids' parents were angry at Mr. Jones, too. He started getting angry notes in his mailbox telling him that nobody wanted him around, that he should move to another town, or that he should die all together. One morning he found that his car windows had been bashed in. Dad said that Mr. Jones just couldn't take it anymore. He opened the front door and with his broom swept the salt from the door and windows. He then went back in and hung himself. He left behind a note in which he swore that he would get even with those who had made his life a living hell."

"That's terrible," said Benny. "That poor man killed himself."

"Yes, and the kids got away with it," said Lupe. "At least, that is, until the night Roberto went missing."

"What do you mean 'went missing'?" asked Benny.

"My dad said that the night Roberto disappeared, a neighbor remembered seeing a man dragging a burlap sack across the street, but couldn't make out who it was. Still, the neighbor swore that the man's eyes seemed to glow red in the dark. He saw the man disappear into Mr. Jones' house. When the sheriff arrived to investigate, he found a trail of blood that ended at Mr. Jones' front door. He searched everywhere in the house for Roberto, but couldn't find a single trace of him. Shortly afterward, Braulio went missing too, and then Luis. Finally, even Terry went missing. Several neighbors also reported seeing a man with the burlap sack shortly before each disappearance. It wasn't long before all the kids that had lied about Mr. Jones had disappeared."

"What happened to them?" asked Benny.

"Some people believe that old man Jones got them. They say that he surrended his body to the evil spirits, in exchange for allowing him to get his revenge. People began to call him the Man with the Burlap Sack."

"That's one scary story," said Benny. "I don't want to be here anymore. Why don't we just go home?"

"It's just a story," said Lupe. "Besides, I'm not leaving until I smoke another cigarette."

Lupe placed the cigarette in his mouth, but just as he was about to put the flame to the cigarette, it blew out.

"What did you do that for?" asked Lupe.

"Do what?" asked Benny.

"Why did you blow out the match?"

"I didn't," said Benny.

Lupe lit another match and raised it toward the cigarette that sat still between his lips, but again the flame blew out.

"Stop messing around already!" screamed Lupe. "If you don't want to smoke, that's fine, but stop messing around!"

"It's not me," screamed Benny.

At that moment, the two boys heard the sound of boards creaking, as if someone was walking on the floor above them.

"What was that?" asked Lupe.

"I don't know," answered Benny, "but I want to get out of here right now."

Just then, the two boys heard the sound of a door opening behind them. They both turned and saw the darkened figure of a man standing at the doorway. At first they could not make out the shadow, but soon realized that it was a man holding a burlap sack in his hands. The man walked toward them. They had not moved an inch. As the man got closer, Lupe saw that he was smiling through his putrid teeth and that he was glaring at them with glowing red eyes!

NIGHT OF THE RED DEVIL

"You Tenderfoots better hurry up and get that tent up," screamed Mr. Savage. "If it isn't up by night fall, the two of you had better be ready to have mosquitoes for your bed buddies."

"Martín, I don't care if he is your dad's friend, Mr. Savage is such a sarcastic jerk," said Rubén.

Our scout troop leader, Mr. Savage could indeed be a sarcastic jerk. He never missed an opportunity to let us know that we wouldn't survive five minutes out in the woods without him. "You Tenderfoots don't have what it takes to survive out in the wilderness. That's what happens to kids when they sit on their rumps all day playing video games."

I don't much care for Mr. Savage myself, but I have to admit that when it comes to surviving in the woods, he knows his stuff. As boys, he and my dad had both been in the same troop. My dad used to say that Mr. Savage was the ultimate Boy Scout. He never got lost in the wilderness, and should an emergency arise, Mr. Savage was always ready. Snake venom antidote, pliers, matches, various cutting knives, first aid and emergency flares, whatever you needed he was sure to be carrying it in his old leather backpack.

"Hurry up, you two," said Mr. Savage. "Soon as you finish setting up that tent, we'll go get us some dinner."

"What are we going to eat?" asked Rubén.

"Don't rightfully know," he answered. "It depends on what we catch when we go hunting."

"Hunting?" questioned Rubén. "You mean kill something and then eat it?"

"Where do you think the meat from your burgers comes from if not dead cows?" asked Mr. Savage. "In the wilderness, you eat what you can kill. Maybe we'll get lucky and get ourselves a couple of rabbits."

BOOM!

BOOM!

BOOM!

"Three perfect shots," declared Mr. Savage as he lowered his hunting rifle. "Looks like we'll be having us some rabbit for dinner, after all."

Rubén and I were shocked. Neither one of us had ever seen anything shot dead before, and Mr. Savage had just taken out three rabbits in a single swoop. We watched in disbelief as he walked over and grabbed the largest of the three rabbits, flipped open his pocketknife and began to skin the carcass.

"I'm not hungry anymore," said Rubén.

"Fine by me," said Mr. Savage. "I guess that means more meat for me and Martín here. Isn't that right, Martín?"

I didn't answer him.

"We better be getting back to camp," said Mr. Savage. "Don't want to get caught outside our tents late at night. It isn't safe to be out and about once it's dark."

"Because of the coyotes?" I asked.

"Them too, I guess, but there are things out in the woods that are far worse than coyotes."

"Like what?" asked Rubén.

"Like El Diablo Rojo."

"The what?" asked Rubén.

"The Red Devil."

"The Red Devil isn't real," said Rubén.

"Yeah," I added, "my dad says that's just a legend."

"Is that what your old man says?" asked Mr. Savage. "I guess he just wants to spare you the truth."

"The truth about what?"

"Let's wait till we get to camp," said Mr. Savage. "Once I get the fire going and get these here bunnies cooking, I'll tell you the story of what happened to me and your old man when we were boys."

Back at camp we watched as Mr. Savage started a fire by striking two rocks together on top of a small pile of dry leaves and twigs. When the fire was set, he chiseled a tree branch into a fine and sharp point with this camping knife. He impaled the three rabbits with the branch. Rubén and I both cringed at the smell of cooking flesh as Mr. Savage began to roast the dead rabbits.

"Your daddy and I were always competitive when we were kids," said Mr. Savage. "At one time your daddy was quite the survivalist. As Boy Scouts, he and I were always running neck to neck to see who could earn the most badges. One night, when we were gathering wood, we heard what sounded like a hurt baby deer calling out to its mother. We followed its cries into a small clearing in the bushes. It was there that we saw the horrible crimson visage of the Red Devil. It's a sight that neither of us will ever forget. It stood over six feet high and had human legs that ended in hoofed feet. Its head looked like a human skull with the horns of a bull. Its head rested at the end of a serpentine, scaled neck."

"Does it live there?" asked Rubén.

"Probably. Various legends tell how the Red Devil came to be. One story says that a woman once gave birth to a monster during a solar eclipse. Her child was not human, but rather a demon. The child's father knew that the baby was evil, so he took it into the woods and abandoned it to die. It didn't die. Somehow it managed to survive. Some say that it lived off of insects at first, and then as it grew bigger and stronger, it began to prey on the animals that lived in the woods. Then one summer night, two campers disappeared in the woods. Only one was found alive. The survivor had deep gashes on his back and bite marks on his face and legs. He claimed that they had been attacked by a horrendous red creature with a horned head, the Red Devil."

"What did you do?" I asked. "Did the Red Devil see you?"

"No, it didn't. It was too busy feasting on the fresh carcass of the baby deer. We both hurried back to camp and told everybody what we had seen, but of course nobody believed us. Your daddy changed after that night, Martín. He didn't much care for camping anymore. It's a shame, really. He was really good at it, too." Mr. Savage took a bite from one of the rabbits. "Finger-licking good," he exclaimed. "Want some?"

We declined politely.

Finished with both his story and his dinner, Mr. Savage made his way to his tent. "You both better get to your own tents. It's late. Don't want to make yourself easy prey for the Red Devil."

Rubén and I would have gone to bed with our stomachs rumbling were it not for the two candy bars I sneaked from home. Peanuts and caramel had never tasted so good.

"I need to go pee," said Rubén.

"Well, then go pee. Why wake me up?" I asked.

"Can you go with me?"

"You're kidding, right? I think we are both a little too old to be peeing together."

"It's too dark to go by myself."

"Just go and pee by the tree behind our tent."

"Mr. Savage will get mad. He told us to go do our business in the woods. He doesn't want us stinking up the camp."

Rubén had a point. Mr. Savage had a nose like a bloodhound. He would know if somebody had peed on the tree behind our tent.

"Fine, let's go," I said.

We made our way past Mr. Savage's tent and headed on down the dirt path that led to the lake. Rubén ran behind a tree and relieved himself.

"Hey, are you almost done?" I asked, noticing that Rubén sure was taking a long time to pee.

Rubén didn't answer.

I walked over to see if Rubén was okay. "Hey, why don't you answer me?"

Rubén gestured for me to be quiet. "Go and get Mr. Savage," he said.

"What's going on? Why do we need Mr. Savage?"

That's when I caught sight of the hunched-over crimson figure that was down on all fours drinking water from the lake. As it dried its mouth with its hoofed foot, its yellow eyes scanned the woods. On cue, the woods seemed to go silent. It was as if every living thing was holding its breath to escape being noticed. Slowly Rubén and I both began to walk backward to the camp.

SNAP!

The sound of my foot snapping a broken twig on the ground alerted the Red Devil to our presence. It gave out a loud shriek as it dove into the water and began swimming across the lake in our direction! Rubén and I began to run.

"Mr. Savage! Mr. Savage!" we cried out as we reached our campsite and Mr. Savage's tent.

"He isn't here!" I cried out, realizing that Mr. Savage's tent was empty.

"Where is he?" asked Rubén. "Where's Mr. Savage?"

Just then the Red Devil made hissing sounds and lunged at both of us. Rubén managed to get out of its way, but the Red Devil knocked me down and pinned me to the ground. It was laughing as it opened its mouth wide enough for me to see its dagger-like teeth.

"Get away from the boy!" Mr. Savage called out. He was holding two water guns. The Red Devil lunged at Mr. Savage, who doused the monster with two full bursts of water. The monster hissed in pain as its skin began to burn. Mr. Savage continued to douse the monster with burst after burst of water. The Red Devil retreated into the woods, leaving the scent of burnt flesh behind him.

"What did you do to him?" I asked.

Mr. Savage handed me one of his water guns. "Filled with good old fashioned holy water," he responded. "The Red Devil may be a big, scary beast, but he's still a demon. Everybody knows that holy water is the best way to defend yourself against a demon. A scout should always be prepared for anything."

My dad was right: Mr. Savage truly was the most prepared Boy Scout in the world.

THE WINGED BEASTS OF ELOTES COUNTY

"I want to go home," said Victoria.

"You can't go home," answered José. "Now, be quiet."

It had been four days since Victoria decided to run away from home with José. On Monday, they snuck on board a train in McAllen, but had to jump off in the middle of nowhere when they were discovered by one of the train attendants. Lost in the woods, Victoria realized too late that running away with José was a big mistake. Victoria's parents always considered José to be a trouble-maker with no future ahead of him, but at fourteen years of age, Victoria decided that José was her one and only. Things were okay at first, but two days earlier, a pair of hobos robbed them of what little money they had. At first, the two men seemed friendly enough, and they even entertained them with tales of their many travels around the country. One of the men told the story of the winged beasts of Elotes County.

"They have large wings like those of a bat, but they are as large as full-grown men, if not larger. They have sharp teeth that go snap, snap, snap as they bite and tear. Their eyes glow like flames in the night. Nobody knows where these creatures came from, but some claim them to be aliens from outer space or perhaps a government experiment that has gone terribly wrong. The only thing that is a certainty is that these winged beasts feed on human flesh."

The next morning, Victoria discovered that the hobos had gone through her backpack and taken her two hundred dollars. The two hobos were gone, too. To top it off, Victoria and José were discovered by the train attendant and they had to jump off the train while it was moving to escape. The fall had left them bruised, but luckily with no broken bones.

"Look, I see a road," said Victoria pointing to a small stretch of road that could be seen through a clearing in the woods.

"This is great," said José. "Now all we have to do is keep walking alongside the road until we see a car coming. We can get a ride to the nearest town."

José and Victoria walked for almost an hour, but in all that time not a single vehicle had driven down that road.

"It's getting dark, José. I'm scared. I don't want to be out here at night."

"Look, there's a sign coming up," said José. "Hopefully, it will tell us just how far to the nearest town."

"Elotes County, 2 miles," read Victoria. "Isn't Elotes County where that hobo said that his story is supposed to have taken place?"

"It was just a story," said José.

"I don't want to be out here," said Victoria. "It's already dark. What are we going to do?"

"Keep walking in the direction of the town," said José. "What else can we do?"

José and Victoria continued following the road up a hill.

"Look, I can see the lights of the town," said José, pointing down the road. "We can get there faster if we just cut through the woods. I bet this shortcut will take us right into town."

"No way," said Victoria. "I'd rather walk two more miles than cut through the woods."

"If you want to walk two more miles, suit yourself," said José. "I'm taking the shortcut."

"What about the winged beasts?"

"Are you honestly going to believe what those two bums told us?" José began to walk down the hill toward the woods.

José was gone for two minutes before Victoria changed her mind and began to make her way down the hill after him. "José, wait for me!" she called out, but he didn't answer.

Victoria kept walking toward the lights. "Where is he?" she asked herself. "He couldn't have gotten that far so quick."

Victoria didn't like being alone in the woods one bit. It was dark and the branches scraped against each other when the wind blew. It sounded like animals hissing.

"José, is that you?" she asked when she noticed a figure up on the hill. The shadow began to move slowly toward her but then disappeared in the trees. With the moonlight, she was able to see that it was José.

"José, why don't you answer me?"

That's when Victoria noticed that standing behind José was a black-winged creature that was sinking its teeth into José's neck! It tore out a huge chunk of flesh

with its canine teeth. Victoria was about to scream when she heard the sudden sounds of snapping teeth all around her.

Snap!

Snap!

Snap!

She looked up at the trees and saw dozens of black, winged beasts staring down at her with eyes that were glowing like flames.

Snap!

Snap!

Snap!

SAINTS

"We're down 24 to 27 with only thirty seconds left to play," said Coach Villegas. "We're way too far for our kicker to get us a field goal and tie the game, so we need a touchdown, or it's over."

"Let's go for it," said Armando, the local football hero.

"Are you sure, son?" asked Coach Villegas. "You looked like you were limping back there for a minute."

"I'm fine, Coach," said Armando. He was lying. He had taken a bad hit to the right knee early in the game, but he wasn't about to let the coach know it. Everybody was counting on him to win this game, and he wasn't about to have the coach bench him when he was needed the most. "Just give me the ball. I'll get us that touchdown!"

Armando's teammates fell into position. He scanned his surroundings to make sure that everyone was where they should be. It would take a miracle to pull this off, but he was ready. "Live in fame or go down in flames," the Air Force anthem was the motto he lived by.

"Ready . . . set . . . hut!" Armando snatched the football. He looked left, right. His wide receiver and running back were well covered to risk a pass. It was all up to him.

He started running down the middle, he pivoted expertly to avoid a tackle, he leapt to avoid a second. No one could bring him down. The goal line was within his view.

SNAP!

Armando instantly felt the jolt of pain as his legs were taken out from under him by an opposing player. The pain felt like one hundred red hot needles jammed in his knee. Armando crumbled to the ground inches from the goal line.

"Get off me!" Armando screamed below a pile of football players.

"Break it off!" yelled the referee. "Get off him!"

"My knee!" screamed Armando.

"Don't move, son," ordered the referee.

Armando was put on a stretcher and rushed to a waiting ambulance. Soon he was being rolled into surgery. Nine hours later, Armando's doctor told him that they had rebuilt his knee as best as they could, and he made it very clear to Armando that his dreams of playing college football would have to be just that—dreams.

The scholarships were the first to go the minute word got out about his blown knee. Armando had never been particularly "book smart," and his tests scores were too low for an academic scholarship. Financial aid, Armando knew, was not going to be enough to cover tuition costs. Alone in the recovery room, Armando felt like his life was over.

"Can you help me move these boxes?" asked Grandma Tita.

"Only if they aren't too heavy, Grandma," said Armando. "Bad knee, you know."

Grandma Tita had come to live with Armando and his family.

"What's in these boxes anyway?" he asked, noticing the four boxes in the living room.

"Candles with pictures of saints on them," said Grandma Tita. "They were on special at the grocery store, so I bought four cases. That should hold me for a while."

"Why do you need so many candles? You already have at least two dozen in your room."

His grandmother's room, it seemed to Armando, was more a church than a bedroom. It was filled with candles with pictures of just about every Catholic saint you could ever imagine. Armando had always been perplexed by his grandmother's religious devotion and her assertion that she could talk to the saints.

"Anybody can talk to the saints, Grandma," Armando told her when he first learned of his grandmother's claim. "Isn't that what prayer is for?"

"Yes, that's true, but they actually listen to me."

Today Armando hoped that perhaps there was some truth to his grandmother's words.

"Grandma Tita, you told me once that the saints can fix anything, remember?"

"Yes, that's true," answered Grandma Tita.

"Can they fix my knee?"

"Only if you promise to pray to them."

Armando could tell that his grandmother was being serious.

"I've spoken to the saints about you already," she said. "I told them that you're a good boy, and they said that they are willing to help. In return, they ask that you promise to pray to them once a day."

"They just want me to pray?"

His grandmother smiled, "Yes, that's all that saints really want, *mijo*. That you pray to them once a day, that's all."

Armando wanted to believe what his grandmother was saying. He decided he had nothing to lose, so for the next week he joined his grandmother every night to pray to the saints.

At first it didn't seem to make much of a difference, but after a few days, Armando woke up one morning without any pain. It was the first time in months. With each day that passed, Armando's knee seemed to get stronger. Dr. Oliver, his physician couldn't believe his eyes when Armando went for his six-week check up.

"Your knee seems to be doing a whole lot better," said Doctor Oliver. He couldn't hide his astonishment at Armando's recovery.

"It doesn't hurt anymore," said Armando. "I can even run now."

"Yes, well let's not over do it, shall we?" said Dr. Oliver. "It must be the therapy I prescribed that's finally starting to take effect."

"Therapy, my foot," said Grandma Tita when Armando got home. "It's the saints!"

Armando's recovery continued at an incredible rate. Dr. Oliver finally had to admit that Armando's recovery was a miracle. Armando's knee continued to get better and better with each passing week. It was only a matter of time before colleges would start offering scholarships to Armando again. The local football hero was back, it seemed. Things were going great for Armando, but his grandmother was starting to get worried. She had noticed that he was spending less and less time praying to the saints.

"You must continue to pray to the saints, *mijo*," she warned him. "They don't like it when promises are broken."

Armando was too busy getting ready for college and hanging out with his high school friends to pray with his grandmother. Little by little, he forgot about his promise. After graduation, Armando left for college and within the first week, he abandoned praying to the saints all together. At first it didn't seem to matter. His knee continued to be as strong as ever. One month passed by, and nothing happened. Two, three, even four months passed without any incident. On the fifth month, however, Armando woke up to the worst pain he had ever experienced.

"Ouch!" cried out Armando. The pain in his knee was excruciating. It hurt more than it ever did before. Everything had been fine the night before, but this morning his knee felt as it was on fire. He couldn't even walk!

"What's going on?" he asked himself. He grabbed his phone and called Grandma Tita. "It's my knee, Grandma," he told her, "it hurts so bad! Tell the saints to help me, please."

"I tried to warn you, *mijo*. The saints don't like it when promises are broken. You made a promise to them, and you didn't keep it."

"Please, Grandma," begged Armando. "Tell them I'm sorry. Tell them to give me another chance!"

"I already did, *mijo*," said Grandma Tita. "I begged them to give you another chance, but they said no."

Armando could hear his grandmother weeping at the other end of the line.

"Why didn't you listen to me, *mijo*? Why didn't you listen?"

Armando realized that it was all his fault. Once he had what he needed, he turned his back on the saints. His failure to keep his promise now caused him to lose his precious gifts. The saints were now turning *their* backs on him.

KID CYCLONE FIGHTS THE DEVIL

"Kid Cyclone! Kid Cyclone! Kid Cyclone!" chanted the wrestling fans gathered at the arena. They were calling out the name of the greatest hero of heroes. Wearing a silver mask with embroidered flames, Kid Cyclone raised his arms up into the air to acknowledge his cheering fans. He may be the greatest wrestling champion that the world has ever known, but to his nephew Vincent and niece Maya, who were sitting at ringside, he is Tío Rudy, their favorite uncle.

"Go get him, Tío," called out Vincent as Kid Cyclone grabbed his opponent El Diablo by his mask's oversized horns. Kid Cyclone swung his adversary round and round before flinging him into the ring ropes! The devil-masked adversary bounced off the ropes and ran into a devastating clothesline as Kid Cyclone's massive out-stretched right arm caught the hated rule-breaker right across the chest!

"Yes!" cried out Maya as she saw that the impact had sent El Diablo flying over the ring ropes.

"He's finished," cried out Vincent as the ring official declared Kid Cyclone the winner.

"No masked devil can beat my uncle," Maya told Vincent. "Not even the real devil himself can beat him!"

"He's my uncle too, you know?" replied Vincent. "So you think that Tío can beat the Devil himself?"

"You heard me. I said that not even the real deal devil himself can beat him."

Unknown to both Vincent and Maya, the real deal devil himself was a big wrestling fan, and he happened to be sitting next to them disguised as an old man. And he was none too pleased by what he had just heard.

"Beat me, now, can he?" questioned the old man rising up to his feet. "I think you two kids need to be taught a lesson. I think every person in this arena needs to be taught to respect the Prince of Darkness."

Much to the surprise of the fans, the old man entered the ring. He raised his hands up in the air, and monstrous flames erupted from underneath his feet. All watched in shock as the elderly man began to grow taller and taller, bigger and bigger, until he towered over even the mighty Kid Cyclone. With flames burning in his eyes, the old man had been transformed into a horned devil. He turned to face the mighty Kid Cyclone.

"I challenge you to a *lucha libre* fight," cried out the devil as he pointed his clawed index finger at Kid Cyclone. "You are a fine champion, Kid Cyclone, but against me, you're out of your league."

"It is you who is out of your league," declared Kid Cyclone. "You may rule in hell, but here in the wrestling world, it is I, Kid Cyclone, who is king!"

"If you truly think that you are my better, then prove it," taunted the Devil.

"Anytime, anyplace," declared Kid Cyclone.

"Here and now," said the Devil, "but if I win, I get your soul," he warned.

The Devil was eager to prove that no mere mortal could ever best him in a fight. Before the bell even rang to signal the beginning of the match, the Devil took a swipe at Kid Cyclone, who narrowly managed to avoid the Devil's oversized claw! Kid Cyclone then delivered a punch of his own to the Devil's nose that sent him down to the canvas much to the approval of the cheering fans.

"Lucky punch," cried out the Devil as he rose back up and charged at Kid Cyclone! He snared Kid Cyclone in a massive bear hug and raises him high into the air! He squeezed tighter and tighter.

"Don't give up, Tío!" cried out Vincent.

"Be strong, Tío!" yelled Maya.

Kid Cyclone's masked face grimaced in pain, but he wasn't done just yet! The crowd watched in amazement as inch by inch he began to overpower the Devil and broke free! Kid Cyclone then delivered a crushing head butt to the Devil that sent the Lord of Darkness spinning wildly out of control.

As a dazed and confused Devil stood in the middle of the ring, Kid Cyclone jumped up into the air and delivered a devastating drop kick to the back of the Devil's head. As the Devil fell face down to the canvas, the crowd cheered wildly—but the old Devil wasn't finished just yet.

Vincent and Maya watched as two demons suddenly appeared at ringside. One distracted the ring official by trying to enter the ring and help his dark master, but the other delivered a crippling illegal blow with a chair to the back of Kid Cyclone's head!

"Foul!" cried out Vincent as Kid Cyclone fell down to his knees in pain. The ring official couldn't disqualify the

Devil because he didn't actually witness the illegal blow. The Devil began to taunt Kid Cyclone.

"There is no one greater than me!" he cried out.

"Kid Cyclone! Kid Cyclone! Kid Cyclone!" both Vincent and Maya began to chant as they ran toward the ring. They urged their fallen uncle not to give up the fight. The cheering from the crowd grew louder and louder. The Devil suddenly realized that the cheers were coming not only from the crowd, but from the very heavens above. Heaven itself was now cheering for Kid Cyclone!

"It's not over yet," declared Kid Cyclone.

Feeding off the power of the fans' cheers, he rose back up to his feet. The Devil continued to kick and punch at Kid Cyclone, but the masked hero now seemed impervious to his blows. Kid Cyclone blocked a right hand punch from the Devil and then delivered a crushing head butt to the Devil's jaw.

The crowd cheered as Kid Cyclone grabbed hold of the Devil's horns and whipped him into the ring ropes. The Devil bounced like a rubber ball and ran right into a waiting clothesline from Kid Cyclone! The impact was tremendous! It knocked the Devil out of his wrestling boots and sent him flying over the ring ropes onto the arena's concrete floor. The Devil stood for a brief moment, only to collapse face-first to the floor. The Devil was unconscious. Kid Cyclone was the winner!

Vincent and Maya both ran into the ring and hugged their uncle.

"Kid Cyclone! Kid Cyclone! Kid Cyclone!" the crowd chanted.

Kid Cyclone hoisted both his nephew and niece onto his shoulders. He carried them around the ring, celebrating his great victory.

The Devil silently rose back up to his feet and slipped away into the shadows. He was embarrassed that he had been bested by a mere mortal. "I will return, Kid Cyclone," he warned in a cold whisper before disappearing. "You may have beaten me today, but one day soon I will want a rematch!"

KID CICLÓN
SE ENFRENTA A
EL DIABLO
Y OTRAS HISTORIAS

Xavier Garza

Traducción al español de Gabriela Baeza Ventura

PIÑATA BOOKS
ARTE PÚBLICO PRESS
HOUSTON, TEXAS

La publicación de *Kid Ciclón se enfrenta a El Diablo y otras historias* ha sido subvencionada por la Ciudad de Houston por medio del Houston Arts Alliance y por el Exemplar Program, un programa de Americans for the Arts en colaboración con LarsonAllen Public Services Group, un programa de la Fundación Ford.

¡Piñata Books están llenos de sorpresas!

Piñata Books
An imprint of
Arte Público Press
University of Houston
452 Cullen Performance Hall
Houston, Texas 77204-2004

Ilustraciones de Xavier Garza
Diseño de la portada de Mora Des!gn

Garza, Xavier
Kid Cyclone Fights the Devil and Other Stories / by Xavier Garza.
p. cm.
Summary:
ISBN 978-1-55885-599-1 (alk. paper)
[1.
PZ
[Fic]—dc22

200

CIP

∞ El papel utilizado en esta publicación cumple con los requisitos del American National Standard for Information Sciences—Permanence of Paper for Printed Library Materials, ANSI Z39.48-1984.

© 2010 by Xavier Garza
Kid Ciclón se enfrenta a El Diablo y otras historias © 2010 Arte Público Press

Impreso en los Estados Unidos de América
Mayo 2010–Junio 2010
Versa Press, Inc., East Peoria, IL
12 11 10 9 8 7 6 5 4 3 2 1

ÍNDICE

PARA MI FAMILIA

EL ESPEJO

—Cecilia, ven a ver esto —dijo Marina, llamando a su amiga para que fuera a ver lo que acababa de encontrar escondido bajo el colchón de su Tía Cristina.

—¿Qué pasa?

Marina le enseñó un espejo ovalado. El ribete dorado estaba decorado con caras de diablos que reían y tenían lenguas largas.

—Qué raro —dijo Cecilia.

—Seguro era de mi Tía Cristina —dijo Marina—. Ella vivió y murió en esta casa. Es posible que tú y yo seamos las primeras personas en pisar esta habitación en muchos años.

—Eso explica todo el polvo y las telarañas —dijo Cecilia—. ¿Cómo es que nadie quiere esta casa? Claro, no tiene buena apariencia ahora, pero se ve que fue una gran casa en su momento. Me extraña que nadie haya aprovechado la oportunidad de mudarse aquí después de que murió tu tía.

—Mis papás dicen que Tía Cristina era una mujer muy rica pero muy mala. Papá hasta ha dicho que era una bruja. Dijo que le puso una maldición a Tío Esteban.

—¿Una maldición? ¿En serio?

—A Tía Cristina jamás le agradó la esposa de mi tío. No le agradaba porque era una de las pocas mujeres que se le enfrentaba. Fue después de una discusión entre ellas que la esposa de mi tío de repente se enfermó de gravedad. Nadie sabe qué le pasó. Tío Esteban, sin embargo, estaba convencido de que Tía Cristina tenía algo que ver con esto. Fue, la enfrentó y le exigió que le quitara la maldición que le puso a su esposa. Tía Cristina sólo se rio de él. Tío Esteban se enfureció de tal manera que la atacó y empezó a ahorcarla con las manos.

—¿La mató?

—No, los vecinos lograron quitársela antes de que lo hiciera. Cristina estaba enfurecida y juró casi sin aliento que Tío Esteban se arrepentiría por haberle puesto las manos encima. Al día siguiente, a Tío Esteban empezaron a dolerle las manos. El dolor aumentó gradualmente cada día hasta que fue inaguantable. Cuando fue a ver al médico éste le diagnosticó un caso severo de artritis reumática. El médico estaba desconcertado por la rapidez con que estaban avanzando los síntomas. En menos de un año, las manos de Tío Esteban empeoraron tanto que no podía ni sostener una cuchara. Nadie vino a visitar a Tía Cristina después de eso. Todos estaban convencidos que ella era la responsable de la enfermedad de Tío Esteban.

—¿Qué pasó con ella?

—Murió sola y vieja, jamás se casó ni tuvo hijos.

—¡Qué horrible! —dijo Cecilia.

—Ya sé. La gente dice que se volvió loca antes de morir, que gritaba y gritaba todo el tiempo. Que acusaba

a todo el mundo, incluso hasta a los extraños, de querer robarle.

—Oye, ¿qué es eso? —preguntó Cecilia.

—¿Qué?

—Es una fotografía —dijo Cecilia, y le mostró a Marina una fotografía grisácea de una mujer con el ceño fruncido. La fotografía estaba pegada a la parte trasera del espejo.

—¿Sabes qué? —dijo Marina—. Creo que es una foto de Tía Cristina.

—Chicas, ya es hora de irnos —llamó el papá de Marina desde la sala.

—Ya vamos —respondió Marina—. ¿Sabes qué? Éste es un espejo especial, creo que me lo voy a quedar.

—Marina, no creo que sea una buena idea —advirtió Cecilia—. Me da cosa.

Después de haberse bañado y cepillado el cabello, Marina estaba lista para acostarse a dormir. Visitar el pequeño pueblo donde creció su papá fue divertido, pero estaba contenta de estar de nuevo en la ciudad. Sus padres habían salido esa noche así es que ella podía relajarse antes de regresar a la escuela el lunes. Tomó el recuerdo que se trajo consigo. Cecilia tenía razón: el espejo era espeluznante. Lo dejó al lado del lavabo y caminó hacia la cama. Apagó la luz y se quedó dormida inmediatamente.

—¡Ratera!

El sonido repentino de la voz estremeció a Marina. Encendió la luz y corrió al clóset. Sacó un bate de béisbol y miró alrededor de la habitación, pero no

encontró nada. Miró en la cocina, el baño, en todos lados.

—¿Estaría soñando? —se preguntó mientras caminaba de regreso al baño y se salpicaba agua fría en la cara—. Tiene que haber sido un sueño —pensó Marina. Se aseguró de que las ventanas en la habitación estuvieran cerradas con candado.

—¡Ratera! —dijo la voz, esta vez más fuerte.

Marina corrió al clóset y usó su celular para llamar al 911. —¡Hay un intruso en mi casa!

Llegó la policía y registraron la casa, pero no encontraron nada. Marina se sentía tonta. No sólo había involucrado a la policía, sino que ahora sus papás habían cancelado sus planes por el resto de la noche y ya venían a casa.

—Lo siento —le dijo al oficial, disculpándose por haberlos llamado para algo que no era más que una falsa alarma. Marina se volvió a meter a la cama pero no podía conciliar el sueño. Eventualmente cerró los ojos y se quedó dormida.

—¡Ratera!

—¿Quién eres? —preguntó Marina, ya no tenía miedo, ahora estaba enojada.

Saltó y tomó con fuerza el bate de béisbol que había dejado al lado de la cama.

—Lo vas a lamentar —advirtió—, ¡tengo un bate!

—¡Ratera!

—El baño —gritó Marina—. ¡La voz viene del baño!

Marina empezó a avanzar hacia el baño lentamente.

—¡Ratera! —se escuchó la voz una vez más.

—¡El espejo! —dijo Marina—. ¡La voz viene del espejo!

¡La cara de su tía fallecida apareció de repente en el espejo ovalado!

—¡Ratera! —gritó la tía—. ¡Ratera!

—Tía, ¿qué hace en mi espejo?

—¿Tu espejo? No es tu espejo, ¡es mío! ¡Lo robaste! ¡Ratera, ratera, ratera! —gritó Tía Cristina una y otra vez, cada vez más fuerte.

—¿Lo quieres? —preguntó Marina—. ¿Quieres el espejo? ¡Tómalo!

¡Marina levantó el bate enojada y lo dejó caer sobre el espejo que estaba encima del lavabo! Con el impacto, el espejo se hizo añicos, pero ahora cada pedazo reflejaba la cara de la tía.

—¡Ratera, ratera, ratera! —continuaron gritando las caras aún cuando Marina empezó a gritar.

Marina gritó más y más fuerte hasta que quedó ronca. En ese momento Marina empezó a reír —primero suavemente pero después la risa se hizo más y más fuerte. Los padres de Marina entraron de sopetón en el baño, se habían apurado para llegar a casa. Encontraron a Marina riéndose sola en la esquina del baño rodeada de pedazos de espejo.

—Marina, ¿qué pasa? —preguntó su mamá y se puso de rodillas a su lado para ver si estaba bien.

Marina levantó la vista y reveló una mirada loca.

—¡Ratera! —gritó—. ¡Ratera! ¡Ratera!

Marina se había vuelto loca.

LA BRUJA LECHUZA

—Dame a tu hermanita —dijo la bruja lechuza—. ¡Déjame comer la carne de sus huesos y chuparle el jugo de los ojos! Dame a tu hermanita, y ¡pensaré en dejarte viva!

La bruja lechuza había estado viniendo todas las noches a la casa de Esperanza. Sabía que las puertas y ventanas tapadas con tablas no podrían mantenerla lejos. Esperanza, de catorce años, estaba sola con su hermanita y no tenía quién le ayudara. Sus únicos vecinos, una pareja de ancianos conocidos como doña Tina y don Antonio, estaban demasiado viejos y débiles como para enfrentarse a la bruja lechuza. Mientras escuchaba cómo la bruja lechuza rompía la puerta de enfrente, Esperanza cerraba los ojos y rezaba para que la luz de la mañana apareciera pronto.

—Tenemos que ayudar a esa pobre criatura —dijo doña Tina—. La bruja lechuza jamás nos ha molestado a nosotros porque no tenemos hijos, pero la pobre Esperanza y su hermanita están a la merced de ese monstruo.

—Sí, lo sé —dijo don Antonio— pero ¿qué podemos hacer? —Una vez que trató de defender a Esperanza y a su hermana, don Antonio cayó víctima de la bruja

lechuza. El monstruo atrapó a don Antonio con sus garras y lo elevó al cielo y lo dejó caer encima de piedras. El encuentro lo dejó lisiado en la cama—. No es una lechuza normal de quien estamos hablando. Los hombres que han peleado con ella o han muerto o han perdido su valentía y se han marchado del pueblo. La bruja lechuza mató a los mismos padres de Esperanza.

—Tal vez Andina puede ayudar —dijo doña Tina.

—¿Andina? ¿La bruja vieja? —preguntó don Antonio—. ¡Ella es tan mala como la bruja lechuza!

—No —dijo doña Tina—. He escuchado que es una bruja buena. Tal vez ella puede ayudar a Esperanza y a su hermanita.

—No lo sé —comentó don Antonio—, usar a una bruja para pelear con otra . . .

—Recuerda que es una bruja buena, no lo olvides —dijo doña Tina.

Don Antonio sabía que no debía discutir. Sabía que su esposa ya había tomado una decisión y no habría nada en el mundo que la hiciera cambiar de opinión.

Andina era una mujer pequeña, cuya piel morena le colgaba del esqueleto como cuero seco. Doña Tina recordaba haber escuchado a sus padres hablar de Andina. Ellos los asustaban diciéndoles que Andina jamás había sido joven, que ellos siempre la habían visto vieja y esto hacía que los niños se portaran bien. Hasta había rumores de que ella no era de este mundo. Se decía que un día la tierra se abrió y ella salió del agujero.

—¿En qué le puedo ayudar? —preguntó Andina.

—Esta jovencita y su hermana necesitan su ayuda —dijo doña Tina—. Una bruja lechuza las está acechando

a ella y a su hermanita. Quizás las pueda ayudar con su magia. —Le hizo un ademán a Esperanza para que se acercara. Esperanza llevaba a su hermana en los brazos. —Ya no hago magia —contestó Andina—. Ya no soy bruja. Cuando dejé de ser bruja perdí mis poderes mágicos.

Esperanza no podía creer que esa mujer tan frágil fuera la misma que su mamá decía tenía tratos con el diablo. Ella misma había escuchado historias de cómo Andina transformaba a las personas en tlacuaches cuando le daba la gana.

—Si no me ayuda, la bruja se va a llevar a mi hermanita. ¡Ayúdeme!

—Te voy a ayudar, niña, pero entiende que ahora yo sólo soy una viejita. La bruja que tú enfrentas es poderosa, probablemente más poderosa de lo que yo fui. Lo sé porque es mi nieta y se llama Lucía.

—¿Su nieta? —preguntó Esperanza.

—No la he visto en veinte años, desde que dejé de ser bruja. Aunque Lucía es demasiado poderosa, ella no es muy inteligente. Le podemos tender una trampa.

—¿Cómo? —preguntó Esperanza—. Usted dijo que ya no tiene poderes mágicos.

—Tengo un arma —dijo Andina.

—¿Cuál? —preguntó Esperanza.

—La sal. La sal es el símbolo de la pureza y el simple contacto con ella podrá repeler al más maléfico de todos los espíritus. El contacto con ella es fatal para las criaturas diabólicas como la bruja lechuza. Una vez que Lucía entre en contacto con la sal, perderá sus poderes. En cuanto quede sin poder, yo entraré en acción.

—Andina puso su mano derecha en el hombro de

Esperanza— me queda un poquito de magia, pero tengo que proceder con cautela. Anda, vayan, me tengo que preparar para esta noche.

Cuando cayó la noche, la bruja lechuza regresó por la hermanita de Esperanza. La bebé comenzó a llorar cuando escuchó a la bruja posarse sobre el escalón del frente de la casa. Una pequeña nube de polvo entró por debajo de la puerta cuando la lechuza batió sus grandes alas y tocó a la puerta con su pico.

—¿Me escuchas, Esperanza? Sé que estás ahí. ¿Por qué no me entregas a la niña? Te dejaré vivir —dijo la bruja lechuza en una voz tranquila—. Te lo prometo.

—No te voy a dar a mi hermana —contestó Esperanza.

—Voy a tener a tu hermana, Esperanza. La pregunta es si te tendré a ti también. Nadie puede hacer nada para detenerme, tampoco hay nada que tú puedas hacer.

—¡No! Vete de aquí. ¡No te puedes llevar a mi hermanita! ¡No te lo permitiré! —gritó Esperanza.

—¡Dame a la maldita niña! —gritó la bruja lechuza perdiendo la paciencia—. ¡Dámela o te sacaré los ojos!

La bruja lechuza empezó a arañar la puerta del frente. Esperanza pudo escuchar cómo arrancaba trozos de madera de la puerta. En un fuerte jalón, las garras del monstruo lograron penetrar la puerta.

—¡Detente, Lucía! —gritó súbitamente una voz.

La bruja lechuza se detuvo, sorprendida al escuchar que alguien la llamaba por su nombre humano. —¿Quién dijo eso? —preguntó y se dio vuelta para ver que Andina estaba parada detrás de ella—. ¿Tú? ¡Lárgate, anciana, éste no es tu pleito!

—Eres tú quien se tiene que ir, Lucía —respondió Andina.

La bruja lechuza rió. —Tú ya no tienes poderes, vieja. Fuiste mi maestra en su momento, pero ya no te puedes enfrentar a nadie.

—Cedí mis poderes porque vi cómo te corrompieron a ti —contestó Andina—. La magia que te enseñé no era para que la usaras para dañar a la gente, mucho menos a los niños.

—¿Escuchas los nombres que los niños usan para referirse a ti? Dicen que eres una bruja, un monstruo.

—No me importa —respondió Andina—. Ya sabes que sólo son historias que no son ciertas.

—¡A mí sí me importa! —gritó Lucía—. Te llaman "monstruo". Yo les di el monstruo que querían.

La bruja lechuza se lanzó contra Andina con las garras extendidas para atacarla. Andina se movió con una ligereza poco común a los viejos, y logró protegerse de las afiladas garras de la bruja lechuza. Después se dio vuelta y tiró un puñado de sal sobre la espalda del pájaro.

—¡Me quema! —gritó la bruja lechuza mientras intentaba levantar el vuelo, pero no pudo—. ¿Qué me está pasando? —gritó al caer de rodillas.

—Es un viejo, viejo truco —dijo Andina—. Pon sal en la espalda de la bruja lechuza para impedirle el vuelo.

Esperanza, abrazando fuertemente a su hermanita, vio cómo Andina derramaba sal sobre el suelo, haciendo un círculo alrededor de ella y Lucía.

—¿Qué haces, vieja loca? —preguntó Lucía, quien había recuperado su forma humana.

—¿Recuerdas que los niños contaban historias de cómo llegué yo al mundo? —preguntó Andina—. Las

historias que contaban eran verdaderas, Lucía. Yo nunca nací. Soy un espíritu de la tierra y éste es el sitio exacto donde yo entré al mundo por primera vez. ¡Creo que es apropiado que sea el mismo por donde ambas nos vayamos!

La tierra bajo los pies de Andina y Lucía se empezó a abrir, y las llamas se las tragaron a las dos. Esperanza abrazó a su hermanita con fuerza mientras vio que las dos mujeres eran devoradas por la tierra. Jamás las volvieron a ver. Cuando se apagaron las llamas sólo quedaron dos montones de sal sobre el suelo.

LA VENGANZA DE LA BRUJA

—Me las vas a pagar —amenazó doña Gertrudis apuntando su tembloroso y huesudo dedo hacia mi mamá—. ¡Es tu culpa que Lucifer esté muerto!

Mi mamá sabía muy bien que no podía ignorar ninguna amenaza que viniera de doña Gertrudis, quien tenía la reputación de ser bruja. Pero tampoco se iba a quedar cruzada de brazos y aguantar el abuso.

—Martín, mete a Luisito a la casa —me dijo y luego se volteó hacia doña Gertrudis—. Ya le había advertido que mantuviera a ese gato feo lejos de mi casa.

Era cierto. Mamá le había pedido en varias ocasiones a doña Gertrudis que mantuviera a su gordo, viejo y feo gato Lucifer lejos de nuestra casa. Cuando digo que Lucifer era feo, quiero decir que era verdaderamente feo. Lucifer tenía un montón de partes resecas en todo el cuerpo donde ya no le crecía el pelo. También tenía un pus amarillento que parecía derramarse de la cuenca del ojo izquierdo siempre. Lucifer era malo. Me había rasguñado ya tres veces y siempre asustaba a mi hermanito Luis al resoplarle. No podíamos jugar en nuestro propio jardín porque Lucifer se había adueñado de él. Mamá lo correteaba con una escoba, pero siempre volvía. Ya le había advertido a doña Gertrudis que la

próxima vez que lo viera en nuestro jardín tendrían problemas.

Cuando Lucifer apareció de nuevo, Mamá mantuvo su palabra y llamó al departamento de control de animales. El hombre que llegó se sorprendió al ver la condición en la que se hallaba Lucifer. Decidió que lo más humano sería ponerlo a dormir. Doña Gertrudis llegó demasiado tarde a la perrera para poder rescatarlo.

—¡Me la vas a pagar! —advirtió doña Gertrudis otra vez antes de irse a su casa—. ¡Te juro que me la vas a pagar!

A la mañana siguiente, yo noté que Mamá estaba muy pálida.

—Mamá, ¿te sientes bien? —le pregunté.

—Estoy bien, Martín. Creo que tengo un virus estomacal.

Era obvio para Papá que la piel de Mamá parecía palidecer más y más de un momento a otro. Se le habían formado dos grandes verdugones a punto de estallar en el lado izquierdo del cuello. Mamá dijo que eran picaduras de mosquitos, pero Papá no estaba muy convencido.

—Cariño, no te ves muy bien —dijo Papá—. Te vamos a llevar a urgencias al hospital.

Cuando llegamos al hospital, tuvimos que esperar cinco horas para que atendieran a Mamá. Papá, mi hermanito y yo esperamos con impaciencia en la sala de espera hasta que un médico salió a hablar con nosotros.

—¿Mordió una víbora a su esposa? —preguntó el doctor.

—No, ¿por qué?

—Encontramos rasgos de veneno de víbora en la sangre de su esposa —dijo el doctor—. No es suficiente para matarla pero sí para hacerla sentirse mal.

—¿Veneno de víbora? ¿Cómo puede ser?

—No lo sé —respondió el doctor—, pero le encontramos pequeñas heridas detrás del cuello. Nos gustaría dejarla en el hospital por unos días.

Decidimos ir a casa y recoger algunos artículos personales para Mamá.

—¿Una víbora? ¿Cómo se metió una víbora a casa? —preguntó Papá cuando llegamos a casa. Revisamos la cocina, la sala, la recámara y el garaje. No quedó ningún lugar sin revisar, pero no encontramos nada. Al día siguiente, Papá llamó al exterminador especialista en víboras para asegurarse de que no teníamos ninguna en casa.

—¿Está seguro que el doctor dijo que fue una víbora? —preguntó el exterminador después de que no encontró señas de que una víbora hubiera estado en la casa.

Mamá regresó a la casa tres días después, y por un tiempo todo pareció estar bien hasta el viernes. Ese día llegamos a casa temprano porque la escuela nos dejó salir antes que de costumbre. Cuando abrimos la puerta escuchamos un siseo que venía de la recámara de Mamá.

—¡Mamá! —gritó Luis.

Encontramos a Mamá en la cama. Tenía los ojos como espejos, como si estuviera hipnotizada. Una víbora grande y negra estaba enredada sobre su pecho y sus colmillos estaban a punto de enterrarse en su cuello.

—¡Quítate de allí! —grité al momento que le lancé mi mochila.

La víbora se dio vuelta y me siseó, después se deslizó de encima de Mamá y se acercó hacia nosotros.

—Luis, ve con los vecinos y pídeles ayuda —ordené. La víbora me enredó. Traté de escaparme pero se interpuso en cada vuelta. Me acurruqué en una esquina y vi cómo la fea serpiente elevó la cabeza en el aire lista para atacarme. Sin poder hacer nada apreté los ojos y me protegí con los brazos.

¡PUM! ¡PUM! ¡PUM!

Abrí los ojos y vi a Papá en la puerta con la pistola humeando en la mano. Había estado llamando todo el día pero como nadie le contestó, se había salido antes del trabajo para venir a ver cómo estaba Mamá. Cuando llegó a casa se encontró afuera con Luis, quien estaba llorando, corrió a ayudarnos a Mamá y a mí. Logró darle un balazo a la víbora en un lado de la cabeza. Vimos cómo la víbora se revolcaba de dolor, la sangre que salía a borbotones salpicaba las paredes. Continuó siseando violentamente aún cuando Papá la apuntó con cuidado.

¡PUM! ¡PUM! ¡PUM!

El cuerpo de la víbora cayó al suelo.

Mi padre corrió a ver a Mamá. Estaba viva pero temblaba violentamente y estaba pálida. Luis y yo seguimos a Papá mientras la cargaba para subirla al auto y llevarla al hospital.

Llegamos al hospital a tiempo; Mamá iba a estar bien pero se tenía que quedar bajo observación.

Cuando regresamos a casa para recoger un cambio de ropa para Mamá, nos encontramos con el Control de Animales que venían por la víbora muerta. Nos sorprendió ver que el cuerpo de la víbora había desaparecido. Papá estaba seguro que había herido de

muerte a la víbora, pero todo lo que quedó fue una huella de sangre que daba hacia la calle. Papá no quería que la víbora quedara viva, por lo que seguimos la huella hasta llegar a la casa de doña Gertrudis. Papá tocó a la puerta, pero doña Gertrudis no abrió. Papá se preocupó y llamó al 9-1-1. Cuando llegó la policía, abrieron la puerta a la fuerza. Después Papá me dijo que encontraron a doña Gertrudis muerta en el piso de la sala, su cuerpo estaba cubierto de sangre porque tenía un balazo en un lado de la cabeza. A su lado ¡estaba la piel de una víbora negra muy grande!

LA BESTIA DE ELMENDORF

—Vincent, apúrate y acaba de encerrar a ese marrano. Ya se está haciendo tarde —dijo Abuelo Ventura recordándome que era peligroso que anduviera afuera después de la caída del sol.

En las últimas dos semanas, nadie se aventuraba a salir de noche en el pequeño pueblo de Elmendorf, no desde que empezaron las mutilaciones de animales. Fue un viernes por la mañana que el granjero Martínez encontró a Lucille, su marrano ganador de premios, muerto en el campo. Todo su cuerpo, excepto la cabeza, había sido devorado. De inmediato otros animales empezaron a aparecer muertos. La gente culpó primero al Chupacabras pero pronto se dieron cuenta que estaban equivocados. El Chupacabras podía chupar la sangre de los animales, pero no los devoraba. No, esos asesinatos eran obra de una nueva y misteriosa criatura que el pueblo llegó a conocer como la "Bestia de Elmendorf". Sólo unas cuantas personas habían visto a la criatura. Decían que tenía la cabeza de un lobo con ojos blancos que brillaban como dos lunas. Tenía una piel gris tan gruesa como la piel seca, haciendo que fuera casi imposible que la penetrara una bala. Se decía que sus

largos dientes y garras podían partir a cualquier animal en dos.

Me apuré y terminé de encerrar a Pepe, mi marrano mascota. Crié a Pepe desde que nació. Fue el más pequeño de la camada, nadie pensó que podría vivir más de unos días. De todos modos, lo alimenté con leche evaporada en un biberón y no lo entregué al destino que le predestinaron. Al final, Pepe terminó sorprendiéndolos a todos. No sólo sobrevivió, sino que se convirtió en el marrano más grande y más rápido de Elmendorf. Cuando era bebé, Pepe dormía en mi cama pero pronto creció demasiado y ya no pudo hacer eso. Me hicieron ponerlo afuera en el chiquero con los otros marranos. Abuela siempre hacía comentarios sobre cuántos tamales podría hacer si Pepe fuera su ingrediente principal. "Podríamos comer tamales por todo un año". Aún así, Abuela sabía cuánto quería a Pepe así es que no había peligro de que terminara como relleno de sus tamales. Además, Pepe era más como un perro guardián que un marrano. Perseguía con valentía a los coyotes que se asustaban por su tamaño. También chillaba fuerte si presentía peligro cerca.

—¿Estás seguro que va a estar bien? —pregunté—. ¿Estás seguro que la bestia de Elmendorf no lo va a agarrar?

—Pepe es lo suficientemente grande como para asustar a los coyotes —contestó Abuelo Ventura—. Estoy seguro que si la bestia de Elmendorf se atreve a asomarse por aquí Pepe lo va a mandar corriendo con la cola entre las patas.

Sonreí, Abuelo Ventura probablemente tenía razón. Después de todo Pepe no sólo era un marrano grande y

fuerte, también era inteligente. Sabía cómo encontrar el camino de regreso a casa si se perdía y podía seguir órdenes como un perro. —Vas a estar bien —le dije asegurándole a Pepe que no había nada que temer.

Me di un baño antes de acostarme y mientras me cepillaba los dientes escuché el fuerte chillido de los marranos. Bajé las escaleras corriendo.

—¿Escuchaste eso? —le pregunté a Abuelo quien ya había bajado las escaleras y estaba cargando su escopeta—. Vamos —dije alcanzando mi propia escopeta—. Quiero asegurarme de que Pepe esté bien.

—Quédate aquí —dijo Abuelo—. Iré a ver qué tiene alterados a los marranos.

—Quiero estar seguro de que Pepe esté bien.

—Yo lo revisaré también —dijo Abuelo Ventura.

—¿Qué si es la Bestia de Elmendorf? —pregunté, pero mi abuelo ya había salido.

Esperé en la entrada. —No me gusta esperar. Debería estar allá también, Pepe es mi marrano.

¡PUM!

El repentino ruido de la escopeta me estremeció. Salí corriendo hacia la dirección del balazo.

—Abuelo, ¿dónde estás?

—Corre, Vincent, ¡sal de aquí! —escuché que Abuelo gritó detrás del granero.

Con la escopeta en la mano, corrí hacia él. Cuando llegué al granero vi a Abuelo tirado de cara sobre la tierra mojada, sangraba de su brazo izquierdo. Estaba intentando levantarse pero la Bestia de Elmendorf tenía la garra derecha sobre él. Lo estaba deteniendo. Se estaba preparando para enterrarle los dientes blancos de

marfil en el cuello. Apunté mi escopeta a la bestia y le disparé.

¡PUM!

¡PUM!

Erré y ¡erré por mucho! La Bestia de Elmendorf se me echó encima y me tiró al suelo. Estaba a punto de atacarme cuando un golpe repentino la arrojó al suelo.

—¡Pepe! —grité cuando vi que mi mascota se lanzaba contra la Bestia de Elmendorf. El impacto del segundo golpe tiró al monstruo hacia atrás hasta que cayó al suelo.

Al verme en peligro, Pepe se escapó del chiquero y atacó al monstruo sin pensar en su seguridad. La Bestia de Elmendorf intentó levantarse otra vez justo cuando Pepe se abalanzaba de nuevo contra ella. Pepe hizo que la bestia se acercara más y más hacia el precipicio detrás del granero.

—El río, Pepe está tratando de hacer que la bestia se caiga al precipicio y al río allá abajo. Eres un cerdo inteligente —dije mientras ayudaba a Abuelo a levantarse.

Pepe siguió empujando y abalanzándose contra la bestia. Hizo que el monstruo llegara al precipicio. Pepe embistió con su cabeza el estómago de la bestia con todas sus fuerzas pero se descuidó, la Bestia de Elmendorf logró enterrarle las garras en la espalda al último momento.

—¡No! —grité cuando vi que Pepe y la bestia de Elmendorf caían a las aguas del río. Abuelo y yo sólo podíamos ver cómo luchaban en el agua. La bestia no se dejaba. Aún en el agua, Pepe logró soltarse y continuó embistiendo a la bestia con la cabeza en el costado.

Abuelo y yo bajamos corriendo por el precipicio, intentando alcanzar a Pepe antes de que fuera demasiado tarde. Para entonces Pepe había nadado lejos de la Bestia de Elmendorf. Un buen cabezazo había dejado al monstruo confundido y le había dado a Pepe la oportunidad de escaparse. Pepe llegó a la orilla del río, pero la pelea lo dejó cansado y lastimado. La Bestia de Elmendorf también alcanzó la orilla y salió del agua. Cuando se percató de que Pepe estaba tirado de lado intentando recobrar la respiración, la bestia aulló triunfante y se lamió el hocico.

¡PUM!

La Bestia de Elmendorf se tomó la cara cuando mi balazo le reventó el ojo izquierdo.

¡PUM!

Abuelo le dio un balazo que la hizo caer de nuevo en el río. Herida y completamente agotada, la Bestia de Elmendorf dejó que la corriente se la llevara.

—¡Nadie se mete con mi marrano! —grité mientras corría hacia Pepe. Junto con Abuelo miramos hasta que el monstruo desapareció de nuestra vista.

LLORONA 9-1-1

—Bloody Mary, Bloody Mary —Juliet se detiene un momento y respira profundo antes de decir el nombre por tercera y última vez—, Bloody Mary. —Después se voltea a ver sus amigas Cristina y Janie—. Está bien, ya dije su nombre tres veces y estoy frente al espejo, ¿y ahora?

—Ahora tienes que apagar las luces y contar hasta tres —dice Cristina.

—No lo hagas —advierte Janie—. Tengo miedo.

Juliet alcanza el interruptor de la luz, no despega los ojos del espejo que está frente a ella. Apaga la luz y empieza a contar.

—Uno . . . Dos . . .

Si la leyenda es cierta entonces verá el fantasma de Bloody Mary en el espejo.

—Tres. —Juliet prende la luz—. Nada, les dije que no era cierto, no existe la maldición de Bloody Mary.

Cristina y Janie se están quedando en casa de Juliet, y para divertirse están probando si las leyendas que han escuchado son verdaderas. La maldición de Bloody Mary es la primera que ponen a prueba.

—¿Cuál sigue? —pregunta Juliet.

—Llorona 9-1-1 —contesta Cristina.

—No hagamos esa —dice Janie—. Tengo miedo.

—¿Cómo funciona esa leyenda? —pregunta Juliet.

—Primero marcas Llorona 9-1-1 y luego cuelgas. El teléfono sonará después de dos minutos —dice Janie.

—¿Qué tiene eso de miedo? —pregunta Juliet.

—La persona que te regresa la llamada —contesta Janie—. La persona que te llama es La Llorona y llora desde el otro lado de la línea.

Las tres niñas conocen la historia de La Llorona, una mujer que nació en la pobreza y no pudo mantener a sus hijos. Eso la volvió loca y en un momento de locura total, que muchos creen fue provocado por la luna llena, ahogó a sus hijos en el río. Cuando recuperó la cordura y entendió lo que había hecho, se ahogó en el mismo río. Sin embargo, por lo espantoso de sus crímenes, su alma no encontró descanso. Ahora está condenada a caminar por el mundo como un alma atormentada en busca de sus hijos. Dicen que ahora se roba a los niños y dice que son sus hijos.

—Lo voy a hacer —dice Juliet—. No tengo miedo.

—Toma el teléfono y marca: L-L-O-R-O-N-A-9-1-1.

De inmediato cuelga y espera a que pasen dos minutos.

—Les dije que no era cierto —dice Juliet, cuando ve que ya pasaron los dos minutos—. Ésa es otra leyenda que comprobamos que no existe.

¡RING!

¡RING!

¡RING!

Las tres niñas miran el teléfono y ninguna lo quiere contestar. Al final, Juliet se llena de valentía y contesta.

—¿Bueno?

—¿Dónde están mis hijos? —pregunta la voz de una mujer al otro lado de la línea.

—¿Quién es? —pregunta Juliet.

—¿Dónde están mis hijos?

Julieta cuelga de inmediato. —Está bien, ¿a quién le dijeron que llamara? —pregunta, convencida que tanto Janie como Cristina le pidieron a alguien que llamara como una broma.

—Yo no hice nada —dice Cristina.

—No me vean a mí —dice Janie—. ¡Tengo miedo!

¡RING!

¡RING!

¡RING!

Juliet contesta otra vez.

—¿Bueno?

—¿Dónde están mis hijos? —la voz de La Llorona pregunta otra vez—. ¿Los tienes? ¿Dónde están mis hijos?

—¡¿Quién eres?! —pregunta Juliet—. ¿Qué quieres?

—Quiero a mis hijos.

—¡No tenemos a tus hijos! —grita Juliet y cuelga.

—¡Tengo miedo! —grita Janie—. ¿Quién está llamando?

¡RING!

¡RING!

¡RING!

—¡¿Qué quieres?! —grita Juliet cuando levanta el teléfono—. ¿Por qué no nos dejas en paz?

—¡Quiero a mis hijos! —grita la voz de la mujer—. ¡Voy a ir por mis hijos!

Juliet le cuelga.

—Tenemos que llamar a la policía —dice Cristina.

—¡Tengo miedo! —grita Janie.

¡RING!

¡RING!

¡RING!

—Ya no le contestes —grita Janie. Las niñas dejan que suene el teléfono hasta que lo contesta la grabadora, "No estamos en casa, por favor deje su mensaje", dice la máquina.

—Ya casi estoy allí —escuchan que la voz de la mujer les grita por la grabadora—. ¡Ya casi estoy en la puerta!

TOC.

TOC.

TOC.

—Alguien está tocando a la puerta —dice Cristina.

—¡Tengo miedo! —grita Janie.

Las niñas miran hacia la puerta mientras se abre sin la llave y la perilla empieza a girar despacio.

—¿Qué está pasando? —pregunta Cristina.

—¡Tengo mucho miedo! —grita Janie.

Las tres niñas ven que la puerta se abre con un crujido. Una mujer muy pálida en un vestido blanco manchado con sangre está parada en la puerta. Las mira con sus ojos rojos.

—¿Tienen a mis hijos? —pregunta la mujer al entrar al cuarto.

—¡No tenemos a sus hijos! —grita Juliet.

—Se equivocan —dice la mujer, sonriéndoles con sus dientes negros—. ¡Ustedes son mis hijos!

Las tres niñas gritan cuando la puerta se cierra detrás de la mujer ¡con el vestido manchado con sangre!

CUIDANDO LA FRONTERA

—¿Cómo andas, Damian? —preguntó Martin al ver que su novato compañero se estaba quedando dormido en su guardia.

—¿Siempre es tan aburrido aquí? —preguntó Damian.

—Ustedes los jovencitos son todos iguales —comentó Martin—, siempre hambrientos de acción y aventura.

Martin Torres había trabajado como agente de la patrulla fronteriza por más de veinte años, y en todo ese tiempo había entrenado a muchos novatos. Damian era más joven que la mayoría, pero era muy inteligente. Aunque no tenía paciencia. Martin sabía que la falta de paciencia con frecuencia podía ocasionar la muerte de alguien.

—Vas a tener que aprender a ser paciente, hijo —dijo Martin—. La paciencia es muy importante para ser agente de la patrulla fronteriza. —Martin sabía que sus palabras caían en oídos sordos. Damian apenas tenía veinte años y estaba hambriento de aventuras.

—Supongo que nuestros empleos quedarán obsoletos cuando hagan el muro —dijo Damian, refiriéndose al muro que estaban edificando en la

frontera para mantener a los indocumentados fuera del país.

—No creo —dijo Martin—. Un muro no es la solución del problema.

—¿Y cuál es la solución?

—No lo sé, hijo —dijo Martin—, lo que sí sé es que hay algunas cosas que un muro no va a mantener fuera.

—¿Cómo qué?

—Cuando has trabajado en esto tanto tiempo como yo, verás cosas tan raras que son difíciles de explicar —dijo Martin.

—¿Cómo qué?

—Una noche, por ejemplo, vi unas luces tintineantes en el cielo que no pertenecían ni a un avión ni a un helicóptero.

—¿Qué era? —preguntó Damian.

—No te podría decir con certeza . . . ¿tal vez aliens?

—¿Indocumentados? —preguntó Damian bromeando.

—No, no eran indocumentados —dijo Martin—. Me refiero a extraterrestres de verdad.

—¿Como los OVNIS? ¿Hombrecitos verdes y todo eso?

—Puede ser. Nunca sabes con qué te vas a encontrar por la noche en la frontera. Pasan cosas raras todo el tiempo. Hace dos semanas que empezamos a encontrar animales muertos a lo largo del río.

—¿Qué hay de raro en eso? —preguntó Damian—. Probablemente es una jauría de coyotes.

—Lo dudo.

—¿Por qué?

—Porque, generalmente, los coyotes se comen a sus presas, no les chupan la sangre.

—¿Qué animal hace eso? —preguntó Damian.

—Tal vez no es un animal . . . quizá es El Chupacabras . . .

—El Chupacabras —comentó Damian riéndose—. El Chupacabras no existe, es sólo una leyenda. Un mito, ¿sabes? —Damian conocía la leyenda de El Chupacabras, el monstruo que chupaba la sangre de los animales.

—¿Es un mito? ¿Estás seguro?

—Oye, creo que acabo de ver algo moviéndose allá abajo cerca del claro —dijo Damian.

—Probablemente es sólo un jabalí —dijo Martin.

—¿Qué si son unos ilegales cruzando la frontera? Deberíamos ir para asegurarnos.

—Vamos a ver —dijo Martin—, pero probablemente sólo es un animal como te dije.

Martin y Damian se suben al jeep y conducen hasta el claro. Martin observa con cuidado todo su alrededor antes de bajar del auto, no quiere tener ninguna sorpresa. Damian, por su parte, salta del jeep y por poco sale corriendo al centro del claro.

—Error de novato —se dice Martin—. ¿Por qué no te cuelgas una diana en el pecho de una vez?

—Encontré algo —dijo Damian.

—¿Qué es? —preguntó Martin.

—Es un rastro de sangre. Lleva al cobertizo allá a lo lejos. Probablemente un ilegal se lastimó cruzando la frontera.

—Sí —dijo Martin —o probablemente . . . después de ver las huellas en el terreno . . . algún animal salvaje que se peleó. De todos modos es peligroso ir tras él.

—¿En serio? —preguntó Damian—. Tenemos que ir tras él.

—Hijo, he hecho este trabajo por mucho más tiempo que tú —dijo Martin severamente—. Vale más que me empieces a escuchar o vas a terminar muerto. Tengo que regresar al auto y pedir ayuda por si acaso.

Martin estaba pidiendo apoyo por la radio cuando escuchó un grito proveniente del bosque capaz de helar la sangre. Corrió y vio que Damian corría en dirección del grito.

—No te metas ahí, novato —gritó—. Tenemos que esperar la ayuda. ¡No quieras pasar por héroe, hijo!

—Qué raro —se dijo Damian al apuntar la luz hacia el rastro de sangre que terminaba de manera abrupta en el terreno—. ¡Patrulla fronteriza! sé que estás ahí, así es que vale más que te entregues.

Mientras sus ojos recorrían los alrededores nerviosamente, empezó a pensar que tal vez entrar al bosque sin apoyo no había sido lo más inteligente que podría haber hecho. De repente escuchó sonidos como sorbos que venían de los árboles. Apuntó su linterna hacia arriba y vio una imagen horrorosa. En la cima de un árbol estaban posadas tres criaturas de piel verde y ojos rojos que devoraban el cadáver de un jabalí.

—¡Los Chupacabras! —gritó de repente.

Las criaturas se percataron de Damian y soltaron a su víctima. El cadáver desangrado del jabalí cayó a los pies de Damian. Los Chupacabras empezaron a bajar de los árboles gruñéndole. Le enseñaron los dientes de marfil mientras se los relamían. Damian no se podía mover,

estaba congelado de miedo, aún cuando los Chupacabras lo rodeaban.

¡PUM!

¡PUM!

El sonido repentino de las balas mandó a los Chupacabras gruñendo y corriendo hacia los árboles. Damian se dio la vuelta y vio a Martin blandiendo una escopeta de dos cañones.

—¿Estás bien? —preguntó Martin.

Damian estaba mudo. Tenía demasiado miedo como para moverse. Ahora comprendía lo que Martin le había dicho, hay cosas que un muro no iba a mantener afuera.

LA SEÑORA DE LOS ASNOS

Hace muchos años, una joven de dieciséis años llamada Josefina, vivía en un pequeño pueblo fronterizo con su padre don Alejandro y su hermanito Joaquín. Su padre criaba asnos para venderlos, y ella cuidaba la manada mientras pastaba. Los niños, jugando, le habían puesto a Josefina el apodo de "La señora de los asnos" y a ella no le molestaba. Sabía que los niños no eran malintencionados. Sin embargo, los jóvenes que vivían en el pueblo fronterizo la llamaban por otro nombre, "Princesa". Con frecuencia trataban de conquistarla. El más interesado era uno llamado Santana, cuyo padre, don Ignacio era el hombre más rico del pueblo.

La riqueza de don Ignacio se originaba de las rentas de las tierras que les alquilaba a los granjeros. Todos lo querían porque era muy justo. Nunca demandaba más de lo que le correspondía. Sin embargo, Santana no había heredado su buena naturaleza. Don Ignacio se culpaba por esto porque amaba tanto a su hijo que lo había malcriado al darle todo. Pero guardaba la esperanza de que su hijo algún día conocería a la mujer que lo hiciera cambiar su actitud egoísta. Por eso, don Ignacio estaba feliz cuando Santana le pidió que le

ayudara a arreglar su matrimonio con Josefina. Don Ignacio sabía que Josefina era una joven buena por lo que cuando don Ignacio se presentó para pedir la mano de su hija, don Alejandro se la negó. Sabía que Santana era malcriado, arrogante y de muy mal genio, y que no sería un buen marido. Jamás le permitiría que se casara con su hija. Santana aún así creía que la fortuna y el buen nombre de su padre serían suficientes para convencer a don Alejandro, pero se equivocó. No solamente don Alejandro no lo aprobaba, a Josefina no le impresionaba su riqueza y no quería casarse con él.

—No me puedo casar contigo —le dijo a Santana—. No te quiero.

Santana estaba furioso. Estaba acostumbrado a hacer lo que quería y no iba a permitir que Josefina lo rechazara. El amor que sentía se convirtió en un odio incontrolable. Empezó a planear cómo vengarse de ella. Esperó el momento exacto, que finalmente llegó dos semanas después. Bajo la protección de la noche, llegó a la pequeña casa donde vivía Josefina con su familia y ¡le prendió fuego! Santana se reía cuando escuchaba los gritos que salían de la casa en llamas.

—¡Levántense! ¡Levántense! —gritaba Josefina cuando descubrió que la casa estaba envuelta en llamas. Corrió a la recámara de su padre y despertó a su hermanito—. ¡Tenemos que salir de aquí!

Al tratar de escapar, el techo cayó encima de su padre y de su hermanito y los mató al instante. El camisón de Josefina se prendió y ella quedó envuelta en llamas. Cegada por el terrible dolor, Josefina se tiró por la ventana. Su cuerpo encendido se deslizó por la montaña

hasta que cayó al riachuelo, y la corriente se la llevó. En ese momento escuchó la risa burlona del hombre que incendió su casa.

—Santana, es Santana quien nos ha hecho esto a mí y a mi familia. Es Santana quien ahora se burla del apodo que me pusieron los niños: ¡La señora de los asnos!

—Es una tragedia terrible —le comentó don Ignacio al Sheriff Martínez—. Era tan joven. Es trágico lo que le pasó a Josefina y a su familia: quemarse vivos. No puedo ni imaginarme por lo que pasaron en sus últimos momentos de vida, y su hermano era apenas un bebé.

A petición de Santana, don Ignacio pagó los entierros de la familia. Su padre estaba sorprendido al ver que su hijo se compadecía de otros. No sabía que Santana le hacía la recomendación a su padre para despistar cualquier sospecha de su participación en la tragedia.

—Qué generosidad el comprarle los ataúdes a la familia —dijo Sheriff Martínez.

—Mi hijo apreciaba mucho a Josefina —dijo don Ignacio.

—Me hubiera gustado haber hecho algo más —agregó Santana—. ¿Ya encontraron su cuerpo?

—No —contestó Sheriff Martínez—. Buscamos en los escombros de la casa, pero sólo encontramos a su padre y a su hermano. Tal vez logró escapar, pero si lo hizo, no la hemos encontrado.

—¿Cree que sobrevivió? —preguntó Santana.

—Puede ser —contestó Sheriff Martínez—. Puede estar herida por ahí. Si la encontramos, a lo mejor podemos saber qué o quién ocasionó el incendio.

—Seguro que fue un accidente —dijo Santana—. ¿Sospechan que fue un acto criminal?

—Nunca se sabe —contestó Sheriff Martínez—. Si Josefina aún está viva y la encontramos sabremos exactamente qué pasó.

A Santana no le gustaba lo que decía Sheriff Martínez. ¿Qué si Josefina aún estaba viva? ¿Qué si lo vieron prenderle fuego? Pero si Josefina aún estaba viva, ¿por qué no se lo ha hecho saber a alguien? Santana tenía demasiadas preguntas sin respuesta. Tenía que asegurarse de que Josefina estuviera muerta.

Por la tarde, Santana fue a los escombros de la casa que fuera de Josefina. En ese momento descubrió unas huellas apenas visibles que quedaron quemadas en el pasto seco y que se dirigían hacia el arroyuelo detrás de la casa de Josefina. Las huellas se detenían en el arroyuelo. ¿Había sobrevivido Josefina? Siguió el arroyuelo hasta el bosque cercano. Caminó a la orilla del arroyuelo en busca de una pista que le dijera qué le pasó a Josefina. —Debo irme de aquí —se dijo Santana—, ya está oscureciendo.

—¡Señora asno, Señora asno, Señora asno!

El sonido repentino de la voz sorprendió a Santana.

—¿Quién está ahí? ¿Quién dijo eso?

Santana siguió la voz adentrándose en el bosque.

—¿Dónde estás? Muéstrate —gritó.

—¡Señora asno, Señora asno, Señora asno!

En ese momento Santana vio a la mujer parada al lado del arroyuelo, las sombras le cubrían la cara y su silueta se perfilaba con la luna llena. Santana cayó de rodillas, sorprendido con la imagen de Josefina quien antes era tan bella. Parte de su boca estaba quemada y ¡ahora al reírse producía el sonido de un asno! Sus

manos ya no tenían dedos, se habían quemado hasta formar dos muñones que parecían las pezuñas de un asno.

—Josefina, ¿eres tú? —preguntó Santana.

—¿Josefina? —preguntó la figura quemada que ahora estaba parada frente a Santana—. Ya no soy Josefina. Ahora puedes llamarme ¡Señora asno!

Santana intentó correr, pero Josefina se le echó encima y lo arrojó al arroyuelo.

—¡Señora asno, Señora asno, Señora asno! —gritaba mientras golpeaba a Santana una y otra vez en la cara.

A la mañana siguiente encontraron el cuerpo de Santana flotando en el arroyuelo. Nadie supo quién fue el responsable de su muerte. La única clave fueron las huellas de pezuñas en su pecho y en su cara.

EL PAYASO GIGGLES

—¿Ya está aquí? —pregunta Teresa.

—No lo veo —dice María—. ¿Estás segura en que quedó de verte aquí?

—Julián dijo que lo esperara en el antiguo gimnasio —dice Teresa.

—¿Tal vez te mintió?

—Julián no me mentiría —dice Teresa—. Confío en él.

—Julián es el payaso del curso. ¿Cómo es que confías en él?

Julián fue transferido de otra escuela y le gusta a Teresa pero María piensa que él no es más que un problema.

—Julián —grita Marta sorprendida. No se había dado cuenta que estaba parado detrás de ellas.

—No vuelvas a hacer eso —dice María.

—¿Que no haga qué? —pregunta Julián.

—No te acerques de manera sigilosa. No me gusta cuando haces eso.

María sabe que Julián se considera un gran bromista, pero todos sus chistes son a expensas de los demás. Hace apenas dos semanas que decidió que sería divertido

activar la alarma de fuego entre las clases. Sus acciones hicieron que toda la escuela entrara en pánico y su mariscal estrella cayera por las escaleras durante el caos. El resultado final fue la pierna rota del mariscal. Los entrenadores estaban furiosos con Julián. Sus acciones le costaron a la escuela una triunfante temporada de fútbol.

—¿Entonces cuándo vamos a ver al fantasma? —pregunta Teresa.

—Vamos a escondernos detrás de las gradas para esperar —dice Julián—. El Payaso Giggles no se va a aparecer si nos ve.

—¿El Payaso Giggles? —pregunta María—. ¿Qué tipo de nombre es "risitas" para un fantasma?

—Oye, así es como lo llamamos, ¿de acuerdo? —dice Julián.

—María es nueva en esta escuela —dice Teresa—. No conoce la historia del Payaso Giggles. —María había llegado de El Paso durante el segundo módulo de seis semanas, y Teresa y ella se hicieron buenas amigas—. ¿Por qué no le cuentas la historia, Julián?

—Cuando Tommy Giggles era estudiante de esta escuela, siempre estaba metido en problemas. La gente simplemente no entendía su sentido del humor. Tommy Giggles se parecía a mí en muchas formas. Sabía que era divertido hacerles bromas a otros. Qué más daba si alguien se caía por las escaleras y se lastimaba, ¡ni modo! La gente debe estar preparada para aguantar una broma, por favor. El director en ese tiempo, Señor Salinas, tampoco consideraba divertidos los chistes de Tommy Giggles. Así es que cuando uno de sus chistes hizo que el baño de los hombres se incendiara, expulsó a Giggles de la escuela por el resto del año. Esto había hecho que

Giggles se enfureciera, y prometió que se vengaría del director. Esperó hasta la noche de los premios para desquitarse. Sabía que necesitaría un disfraz para que nadie lo reconociera. Ya todos lo llamaban el payaso de la clase, ¿cierto? Por qué no hacer lo que significaba su nombre, pensó. Se maquilló la cara de blanco y los labios rojos, como un payaso. Después se puso una peluca verde brillante. Tommy Giggles lucía como un verdadero payaso. Nadie lo reconocería.

—¿Qué hizo Tommy Giggles para vengarse de Señor Salinas? —pregunta Teresa.

—Cuando por fin llegó la noche de los premios, Tommy Giggles se metió a escondidas en el gimnasio y se subió al escenario. Sabía que Señor Salinas pronto estaría parado en el centro del escenario, hablándoles a los estudiantes y a sus padres. Planeó detonar un montón de petardos debajo del escenario. Seguro que el espectáculo lograría hacer que todos entraran en pánico. Entonces entre toda la confusión, él saldría de debajo del escenario y le pegaría a Señor Salinas con un pastel de mayonesa podrida, vinagre y crema de afeitar en la cara. Señor Salinas no sabría qué había pasado hasta que ya fuera demasiado tarde. Lo mejor de todo era que Tommy Giggles les habría dado la última risa. Su plan era toda una belleza.

—¿Lo logró? —pregunta Teresa.

—Desafortunadamente, no —dice Julián—. Usó demasiados petardos y se incendió todo el escenario. ¡El pobre Tommy Giggles se quemó vivo debajo del escenario!

—Qué horroroso —dice María.

—Los estudiantes ahora dicen que el espíritu de Tommy Giggles ronda el antiguo gimnasio. Lo llaman Payaso Giggles y a veces lo escuchan reírse. Algunos lo han visto. Una niña dice que la persiguió por todo el gimnasio. Pobre Giggles, supongo que no va a descansar hasta que se vengue de Señor Salinas.

—¿Qué le pasó a Señor Salinas? —pregunta María.

—Murió hace unos cuantos años —dice Teresa—. Señor Salinas era mi abuelo.

—¿En serio? —pregunta María.

—Sí, pero murió cuando yo apenas tenía cuatro años. No lo recuerdo muy bien.

—¿Es tu pariente? Qué interesante —dice Julián con una sonrisa en los labios.

—Vamos, Teresa —dice María, quien de un momento a otro siente miedo—. No creo que debamos estar aquí.

—¿No quieren ver al Payaso Giggles? —pregunta Julián.

—No, ¡no quiero! —grita María—. Vámonos, Teresa.

Teresa, sin embargo, no se quiere ir. —No quiero irme sin ver al Payaso Giggles. Si tienes mucho miedo, ve tú. Yo me quedo aquí con Julián.

María no quería dejar a Teresa sola con Julián, pero tenía demasiado miedo para quedarse.

—Miedosa, miedosa —canturrea Julián cuando María sale del gimnasio—. María es una miedosa. —Sale de debajo de las gradas y se para en el centro del gimnasio—. ¿Quieres ver a Giggles, María? —le grita—. ¡Sé que él te quiere ver a ti!

—¿Por qué dices eso? —pregunta Teresa, quien ahora está repensando la decisión de quedarse con Julián. Él actúa muy raro y de repente empieza a reírse sin razón alguna.

—Ya lo verás —responde Julián entre risitas—. Pronto lo verás. Mira, ¡ahí está! —dice, y apunta hacia el centro del gimnasio.

—¿Dónde? —pregunta Teresa—. No lo veo.

—Ahí —dice Julián—. Está parado justo en medio del gimnasio. Está dando volteretas.

—¿De qué estás hablando? —pregunta Teresa—. No hay nadie haciendo volteretas en el piso del gimnasio.

—Ahí está —dice Julián—. Deja te muestro —empieza a dar volteretas. Da volteretas de un lado a otro del gimnasio—. ¿Lo ves ahora?

—¿A quién? —pregunta Teresa, que empieza a asustarse. Julián está actuando de manera espeluznante—. Sólo te veo a ti. No veo al Payaso Giggles.

—Mira con mucho cuidado. Observa con mucho cuidado —dice Julián y empieza a dar volteretas hacia ella. Justo ante los ojos de Teresa, Julián empieza a transformarse. Su cara palidece hasta quedar blanca y los labios se le pintan de un rojo sangre. El pelo se hace más y más verde con cada voltereta. Pronto queda parado frente a Teresa convertido en la horrorosa imagen del Payaso Giggles.

—Julián, ¿qué te pasó? —grita Teresa.

—¿Julián? Aquí ya no existe Julián —contesta el Payaso Giggles—. Julián nunca existió. No pude vengarme de tu abuelo, pero ahora ¡me vengaré de ti! —Julián sonríe y muestra una filosa dentadura canina.

Teresa grita —¡Aléjate!

—¿Qué me aleje? Pero por qué si tengo algo para ti —dice Julián.

Teresa observa horrorizada a Julián que ahora tiene un gran pastel en las manos!

EL FANTASMA EN EL CUARTO ROJO

—Quiero un cuarto para la noche —dijo un vendedor viajero al mesonero.

—Sólo nos queda una habitación —dijo el mesonero—. Es el Cuarto Rojo, pero no creo que lo quiera.

—¿Por qué no? —preguntó—. ¿Tiene algo malo?

—No, señor, es un cuarto muy bueno. De hecho, es el mejor cuarto que tenemos.

—¿Cree que es demasiado caro para mí? Le diré, señor, que yo tengo dinero —dijo el vendedor viajero enojado. Le ofendía que el mesonero pensara que no podía pagar el alquiler del mejor cuarto que tenían.

—Oh, no, señor —dijo el mesonero—. No es que piense que usted no puede pagar el alquiler del cuarto. De hecho, el Cuarto Rojo es el cuarto más económico que tenemos, sólo cuesta $40 la noche.

—¡Cuarenta dólares la noche es lo mejor que tienes! ¿Cuánto cuestan los otros? —preguntó el vendedor viajero.

—El alquiler está entre cien a ciento cincuenta dólares la noche —dijo el mesonero.

—Cuarenta dólares por el mejor cuarto es una ganga. ¿Por qué es tan barato?

—Una ganga no siempre es una ganga, señor —dijo el mesonero—. El cuarto está encantado por el fantasma de Rosario Cantú.

—¿Encantado por quién?

—Le dije que está encantado por el fantasma de Rosario Cantú.

El vendedor se soltó riendo. —Está bromeando, hombre. ¿No me diga que cree en fantasmas?

—Al principio no, señor —dijo el mesonero—, pero he trabajado aquí por mucho tiempo y he visto cosas muy raras para las que no tengo explicación razonable.

—¿Cómo qué? —preguntó el vendedor.

—He visto el fantasma de Rosario Cantú flotando por encima de las escaleras cuando sube a su habitación. El Cuarto Rojo está pintado de rojo precisamente porque ése era el color favorito de Rosario. Todo es rojo, señor, las cortinas, las sábanas, hasta la tina del baño. El mismo fantasma de Rosario viste un elegante vestido rojo.

—¿Por qué ronda este cuarto en particular? —preguntó el vendedor.

—Espera a su verdadero amor, señor. Antes de su muerte estaba casada con el gran general militar, Joseph Tatum. Siempre lo enviaban a distintos lugares del mundo, así es que no tenían por qué comprar una casa. Por lo tanto, habían estado alquilando el cuarto por algún tiempo. El general pagó mucho para que pintaran el cuarto del color favorito de su esposa. Poco después, al general lo enviaron a la guerra. A Rosario se le partió el corazón, pero entendió que la responsabilidad de su esposo era ir a la guerra y defender a su país. Le juró que lo esperaría hasta que regresara. El pobre general, sin

embargo, fue herido en combate y murió. Rosario se volvió loca cuando supo que su esposo había fallecido. Se rehusó a aceptar que ya no volvería. Todas las tardes se vestía con sus mejores vestidos rojos y se sentaba en el primer piso a esperar su regreso. Al final de cada día, subía las escaleras y lloraba hasta quedarse dormida mientras llamaba a su amor perdido. Una noche bebió veneno y se mató.

—Es una trágica historia, amigo —dijo el vendedor—, pero qué tiene que ver con mi decisión en alquilar el cuarto.

—¿No tiene le miedo a los fantasmas, señor?

—No creo que existan —contestó—. Jamás lo he creído y no lo creeré. —Después de decir esto, le entregó la tarjeta de crédito al mesonero—. Me quedo con el Cuarto Rojo por la noche, hombre.

El mesonero ayudó a subir el equipaje al cuarto, y el vendedor viajero quedó gratamente sorprendido con el cuarto que había alquilado por la noche.

"El Cuarto Rojo es efectivamente el mejor cuarto del mesón", comentó el vendedor viajero para sí mismo mientras repasaba el cuarto. Bueno, la decoración en rojo era exagerada, pero a lo lejos se veía que era el cuarto más espacioso de todos los cuartos que había alquilado. Una foto en blanco y negro en un marco ovalado colgaba de la pared al lado de la cama. Una mujer de cabello negro cuervo vestida con un elegante vestido parecía observarlo. "¿Eres la famosa Rosario Cantú?" le preguntó a la fotografía como si le fuera a contestar. La mujer de la foto, tuvo que admitirlo, era verdaderamente hermosa. "Bueno, Rosario, debo admitir que eras bellísima cuando estabas viva. No me

molestaría en lo absoluto que vinieras a espantarme esta noche", dijo riéndose.

El vendedor viajero estaba cansado, había hecho un viaje de venticuatro horas. Iba a Houston a la convención anual de su compañía, donde se le otorgaría el premio al Mejor Vendedor del Año. Ya habría llegado si no fuera porque él jamás dejaba pasar una oportunidad para vender. En el camino visitó una docena de hogares para convencer a los padres de familia que el comprar una enciclopedia era una buena inversión en el futuro de sus hijos. Consiguió doce ventas. Para preparase para dormir, el vendedor se dio un baño rápido y se metió a la cama. Como era su costumbre para apurar el sueño, empezó a leer de un libro que había cargado en su maleta en los últimos días. Estaba roncando antes de dar vuelta a la página.

Un leve toque en la puerta despertó al vendedor de su sueño. El golpe fue seguido por el crujir lento de una puerta cuando se abre. De repente, una ráfaga de viento frío hizo que el vendedor saltara de la cama y corriera a cerrar la puerta. Iba a tener que quejarse por la mañana con el mesonero por la puerta dañada. De regreso a la cama, se cubrió con las cobijas hasta la cabeza y estaba a punto de quedarse dormido cuando escuchó que el piso de madera empezó a crujir como si alguien estuviera caminando sobre él. Asomándose por debajo de las sábanas vio que las cortinas del cuarto se habían corrido.

—Cálmate, amigo —se dijo el vendedor—. Estoy seguro que las cortinas ya estaban abiertas. Que es sólo mi imaginación. Eso me pasa por escuchar tonterías de fantasmas.

Jaló la sábana para cubrirse la cabeza e intentó volver a dormirse. En ese momento escuchó que alguien o algo se acostó a su lado. Sintió que una mano fría se alargaba debajo de las cobijas y le tocaba el hombro derecho. Tenía demasiado miedo como para gritar, el vendedor volteó despacio para ver quién se había metido a su cama.

—¿Rosario?

—¡Tú no eres mi marido! —gritó la mujer. Era idéntica a la de la fotografía al lado de su cama—. ¿Qué haces en mi cama? —preguntó ella, su voz subía y subía mientras empezaba a flotar más y más alto.

El vendedor saltó de la cama y tomó las llaves de su auto del buró. Salió disparado por la puerta, corrió tan rápido que se tropezó y cayó por las escaleras. Se levantó de un salto y pasó corriendo por donde se encontraba el mesonero sin tomarse el tiempo de entregar las llaves del cuarto. Salió al estacionamiento y se subió al auto. Se alejó a toda velocidad.

—Se lo advertí —dijo el mesonero con una sonrisa —. Se lo advertí pero no me escuchó.

EL HOMBRE DEL SACO DE MANTA

—Lupe, ¿estás seguro que nadie vive aquí? —preguntó Benny.

—Benny, sabes perfectamente bien que esta casa está abandonada desde hace años.

Lupe sabía con certeza que él y su primo de California no deberían estar en la casa del viejo Jones. La casa parecía estar a punto de derrumbarse, pero esa no era la razón por qué no debían estar ahí. Tampoco tenía nada que ver con las historias de fantasmas que se contaban del viejo Jones. No, la razón por la que no debían estar ahí estaba escondida en el bolsillo de sus jeans. La casa estaba enfrente de la casa de Lupe y había decidido ir allá porque sabía que nadie los buscaría allí. Todo mundo se mantenía lejos del lugar porque era espeluznante.

—No sé —dijo Benny—, tal vez no deberíamos estar haciendo esto. Mamá dice que fumar es malo para tu salud. Ya sabes cómo regaña a Abuelo cuando fuma. Todos los días le advierte que el fumar lo puede matar.

—No seas debilucho, Benny —dijo Lupe—. Nos metimos en muchos problemas para robarle los cigarros a Abuelo, y ¿ahora ni siquiera los vas a probar?

Lupe se metió la mano en el bolsillo y sacó los cigarros que habían robado. Sacó dos y le dio uno a Benny. —¿Trajiste los cerillos? —preguntó.

—Sí —dijo Benny—. Cuéntame ¿qué onda con este lugar? ¿Por qué está abandonado?

—Mi papá dice que aquí vivía un viejo horripilante —dijo Lupe—. Papá dice que Señor Jones era un poco raro, más bien extraño. Hacía cosas que los vecinos no entendían.

—¿Cómo cuáles? —preguntó Benny.

—Papá dice que se sentaba afuera con la cabeza envuelta en papel aluminio. Decía que los malos espíritus de ojos rojos lo perseguían y lo encontrarían leyendo sus pensamientos y por eso tenía que proteger sus pensamientos con papel aluminio, para que no lo encontraran.

—¿En serio?— preguntó Benny.

—Eso es lo que dice Papá. Además Señor Jones espolvoreaba sal frente a sus puertas y ventanas para alejar a los espíritus.

—Bueno, entonces el viejo estaba loco —dijo Benny.

—No, es más que eso —agregó Lupe—. Señor Jones decía que había sido poseído por los espíritus malos cuando niño y que lo habían hecho hacer cosas terribles. Un sacerdote tuvo que hacerle un exorcismo para liberarlo del control de los espíritus. Supuestamente esto molestó a los espíritus y por eso lo seguían. Papá dice que en realidad el viejo era indefenso, y la mayoría de la gente lo dejaba en paz. Eso fue hasta que cuatro chicos de la prepa lo empezaron a molestar.

—¿En serio? ¿Quiénes eran? —preguntó Benny.

—Terry, Roberto, Luis y Braulio. El papá de Luis y Braulio era Sheriff Pete Mendoza, el papá de Roberto era Juez Blas Martínez y el de Terry era Señor Holder, el hombre más rico del pueblo. Te puedes imaginar cuánto hacían sin que les llamaran la atención: fumar, tomar, manejar a exceso de velocidad, y mucho más . . .

—¿Qué le hacían a Señor Jones? —preguntó Benny.

—Muchas cosas —dijo Lupe—. Le tiraban piedras a la casa y le quebraban las ventanas. Entraban al jardín y le pisoteaban las flores. Una vez le robaron al gato y le cortaron el pelo al rape.

—Eso es gracioso —dijo Benny.

—El hombre no pensó que fuera divertido. Se enojó mucho. Después de eso Señor Jones los correteaba con una escoba. Siempre se escapaban porque podían correr más rápido que él, pero un día tuvo suerte y logró darle a Roberto en la cabeza con la escoba. Papá me contó que Señor Jones le iba a pegar otra vez cuando vio que el chico estaba sangrando de la cara. Roberto salió corriendo y le dijo a Juez Martínez que el viejo lo había golpeado sin ninguna razón. Juez Martínez estaba furioso y se enfrentó a Señor Jones. Cuando el viejo le dijo lo que habían estado haciendo Roberto y sus amigos, Juez Martínez no lo quiso creer y le dijo que su hijo y sus amigos no harían esas cosas terribles. Agregó que era un mentiroso y un raro. Tampoco ayudó que los amigos de Roberto desmintieran lo que decía el viejo. Pronto los padres de los otros chicos también se molestaron con el viejo. Señor Jones empezó a recibir notas en su buzón que le decían que nadie lo quería en el barrio y que debía irse de ahí o morirse. Una mañana encontró que a su auto le habían roto todas las ventanas.

Papá dice que el viejo no lo pudo soportar. Abrió la puerta y salió, y con su escoba barrió la sal de la puerta y de las ventanas, después entró y se colgó. Dejó una carta jurando que se vengaría de los que hicieron de su vida un infierno.

—Eso es terrible —dijo Benny—. ¿Ese pobre hombre se mató por una mentira?

—Sí, y los chicos se salieron con la suya —dijo Lupe—. Bueno, eso fue hasta la noche en que Roberto desapareció.

—¿Cómo? —preguntó Benny.

—Papá dice que la noche en que Roberto desapareció, un vecino vio a un viejo cargar un saco de manta por la calle, pero no pudo ver quién era. De todas maneras, el vecino juró que los ojos del hombre parecían brillar rojos en la oscuridad. Vio que el hombre desapareció en la casa de Señor Jones. Cuando llegó el sheriff a investigar, encontró un rastro de sangre que terminaba en la puerta de la casa de Señor Jones. Buscaron a Roberto por toda la casa pero no pudieron encontrar ningún rastro de él. Poco después, desaparecieron Braulio, Luis y Terry. Varios vecinos también reportaron que vieron a un viejo con un saco de manta poco después de cada desaparición. No pasó mucho tiempo antes de que todos los chicos que habían mentido desaparecieran.

—¿Qué les pasó? —preguntó Benny.

—Algunas personas creen que el viejo Jones encontró una forma de vengarse. Dicen que entregó su cuerpo a los espíritus a cambio de la revancha y por eso la gente lo empezó a llamar el Hombre del Saco de Manta.

—Esta historia da miedo —dijo Benny—. Ya no quiero estar aquí. ¿Por qué no nos vamos a casa?

—Es sólo una historia —dijo Lupe—. Además no me voy a ir hasta que me fume otro cigarro.

Lupe se puso el cigarro entre los labios, pero cuando estaba a punto de prenderlo, el cerillo se apagó.

—¿Por qué hiciste eso? —preguntó Benny.

—¿Qué? —preguntó Lupe.

—¿Por qué me apagaste el cerillo?

—No te lo apagué —dijo Benny.

Lupe encendió otro cerillo y lo elevó hacia el cigarro que aún estaba entre sus labios, pero la llama se volvió a apagar.

—¡Deja de estar jugando! —gritó Lupe—. Si tú no quieres fumar, está bien, pero ¡deja de molestar!

—No fui yo —gritó Benny.

En ese momento, los dos chicos escucharon crujir las tablas del piso, como si alguien estuviera caminando por encima.

—¿Qué fue eso? —preguntó Lupe.

—No lo sé —contestó Benny—, pero ya no quiero estar aquí.

De pronto escucharon que se abrió una puerta detrás de ellos. Se dieron vuelta y vieron una sombra en la puerta. Al principio no pudieron descifrarla, pero pronto descubrieron que era un hombre con un saco de manta en la mano. El hombre caminó hacia ellos, que no se habían movido ni una pulgada. Mientras el hombre se acercaba, Lupe vio que sonreía con unos dientes podridos y ¡que los fulminaba con una mirada rojo intenso!

LA NOCHE DEL DIABLO ROJO

—Vale más que ustedes, Tenderfoots, se apuren y levanten la tienda de campaña —gritó Señor Savage—. Si no está lista antes de que caiga la noche van a tener que estar listos para compartir la cama con los mosquitos.

—Martín, no me importa si es amigo de tu papá, Señor Savage es un pesado sarcástico —dijo Rubén.

Nuestro líder, Señor Savage, en verdad puede ser un pesado sarcástico que jamás pierde la oportunidad de hacernos saber que no podríamos sobrevivir cinco minutos en el bosque sin él. "Ustedes, los Tenderfoots, no tienen la experiencia suficiente para sobrevivir en la jungla. Eso le pasa a los niños que se pasan todo el día sentados jugando video juegos". A mí no me cae muy bien Señor Savage, pero debo admitir que cuando se trata de sobrevivir en el bosque, él sí sabe. Cuando era niño, él y mi papá fueron compañeros de la misma tropa de Boy Scouts. Mi papá dice que Señor Savage era el máximo Boy Scout. Nunca se perdía en la jungla y si surgía una emergencia, Señor Savage siempre estaba preparado. Antídoto para veneno de víbora, pinzas, cerillos, varios cuchillos, botiquín de primeros auxilios y bengalas, es seguro que lleve en la mochila cualquier cosa que necesites.

—Apúrense —dijo Señor Savage—, en cuanto terminen con la casa de campaña iremos por nuestra cena.

—¿Qué vamos a comer? —preguntó Rubén.

—No sé con certeza —le contestó Señor Savage—, depende de lo que cacemos.

—¿Cacemos? —preguntó Rubén—. ¿Quieres decir que vas a matar algo y luego comerlo?

—¿De dónde crees que viene la carne de tus hamburguesas sino de las vacas muertas? —preguntó Señor Savage—. En la jungla se come lo que se caza. Tal vez tengamos suerte y nos conseguimos unos conejos.

¡PUM!
¡PUM!
¡PUM!

—¡Tres tiros perfectos! —declaró Señor Savage al bajar el rifle de caza—. Parece que vamos a comer conejo después de todo.

Rubén y yo estábamos horrorizados. Ninguno de los dos había visto que cazaran algo, y Señor Savage acaba de cazar tres conejos de un trancazo. Vemos incrédulos cuando camina hacia ellos y toma al más grande, abre su navaja y empieza a despellejar el cadáver.

—Yo no tengo hambre —dijo Rubén.

—Mejor para mí —dijo Señor Savage—, supongo que eso quiere decir que hay más carne para mí y para Martín. ¿Cierto, Martín?

No le respondo.

—Vale más que regresemos al campamento —dijo Señor Savage—, no queremos que la noche nos pesque lejos de nuestras casas de campaña. No es bueno estar fuera cuando oscurece.

—¿Por los coyotes? —pregunté.

—También por ellos, supongo, pero hay cosas en las montañas que son peores que los coyotes.

—¿Cómo qué? —preguntó Rubén.

—Como el Diablo Rojo.

—¿El qué? —preguntó Rubén.

—El Diablo Rojo.

—El Diablo Rojo no existe —dijo Rubén.

—Sí —agregué—, mi papá dice que es sólo una leyenda.

—Eso dice tu viejo, ¿eh? —preguntó Señor Savage—. Me imagino que quiere protegerte de la verdad.

—¿La verdad de qué?

—Esperemos hasta que estemos en el campamento —dijo Señor Savage—. En cuanto empiece el fuego y pongamos estos conejitos a cocer, les contaré lo que nos pasó a mí y a tu papá cuando éramos niños.

En el campamento vimos cómo Señor Savage empezó el fuego al golpear una piedra contra otra encima de una pilita de hojas secas y ramas. Cuando ya estaba el fuego, talló la punta de una rama con un cuchillo hasta que quedó filosa y puntiaguda, y con ella atravesó los cuerpos de los conejos. Rubén y yo nos horrorizamos con el olor de carne viva asándose cuando Señor Savage empezó a cocinar los conejos.

—Tu papá y yo siempre competíamos uno con el otro cuando éramos niños —dice Señor Savage—. En un tiempo, tu papá era todo un superviviente. Como Boy Scouts, él y yo competíamos y siempre estábamos a la par para ver quién ganaba más insignias. Una noche cuando estábamos recogiendo madera escuchamos que un ciervo herido se quejaba. Los quejidos nos llevaron a un claro entre los arbustos y fue ahí donde vimos una

terrible visión carmesí que ninguno de los dos olvidará jamás. Vimos al Diablo Rojo. Medía más de seis pies de alto y tenía piernas humanas que terminaban en pezuñas. La cabeza parecía una calavera humana con cuernos de toro. Su cabeza se posaba encima de un cuello elevado de serpiente.

—¿Cómo llegó el Diablo Rojo allí? —preguntó Rubén.

—Una historia cuenta que una mujer dio a luz durante un eclipse solar. El hijo que tuvo no era humano sino un demonio. El padre del hijo sabía que el niño era diabólico, por lo que lo llevó al bosque y lo abandonó para que muriera. No se murió. Logró sobrevivir de alguna forma. Algunos dicen que vivió de insectos al principio y que cuando creció y se hizo fuerte, empezó a cazar animales que vivían en el bosque para alimentarse. Entonces una noche de verano desaparecieron dos campistas en el bosque. Sólo encontraron vivo a uno. El sobreviviente tenía heridas profundas en la espalda y mordeduras en la cara y en las piernas. Dijo que los atacó una horripilante criatura roja con cuernos en la cabeza, el Diablo Rojo.

—Pero, ¿qué hicieron ustedes cuando vieron al Diablo Rojo? —pregunté yo.

—Como el Diablo Rojo estaba muy ocupado dándose un festín con el cadáver del ciervo que habíamos escuchado quejándose, no nos vio. Tu papá y yo corrimos al campamento y le contamos a todos lo que vimos, pero nadie nos creyó. Tu papá cambió después de esa noche, Martín. Dejó de gustarle ir de campamento. Es una pena, en verdad. Era muy bueno. —Señor Savage le dio una mordida a uno de los conejos—. ¡Para chuparse los dedos! —exclamó—. ¿Quieren?

Negamos amablemente.

Cuando acabó su cena, Señor Savage se fue a su tienda de campaña. —Ya váyanse a sus tiendas, es tarde. No quiero que sean presas fáciles para el Diablo Rojo.

Rubén y yo nos habríamos ido a dormir con el estómago sonando si no fuera por un par de chocolates que traje de casa. Los cacahuates y el caramelo jamás me habían sabido tan ricos.

—Tengo que ir al baño —me despertó Rubén.

—Anda, ve, ¿por qué quieres que me levante? —le pregunté.

—¿Puedes acompañarme?

—Estás bromeando, ¿cierto? Creo que ambos estamos un poco grandecitos como para ir al baño juntos.

—Está muy oscuro para que salga solo.

—Ve y orina detrás del árbol al lado de nuestra tienda.

—Se va a enojar Señor Savage. Recuerda que nos dijo que hiciéramos del baño en el bosque. No quiere que apestemos el campamento.

Rubén tenía razón. Señor Savage tenía la nariz de un sabueso. Sabría si alguien orinaba en el árbol cerca de nuestra tienda de campaña.

—Está bien, vamos —le dije.

Pasamos por la tienda de Señor Savage y caminamos por el camino de tierra que llevaba al lago. Rubén corrió detrás de un árbol y empezó a orinar.

—Oye, ¿te falta mucho? —le pregunté cuando me di cuenta que se estaba tomando mucho tiempo.

No me respondió.

Fui hacia donde estaba Rubén para ver si estaba bien, —Oye, ¿por qué no me contestas?

Rubén me hizo señas para que me quedara callado.

—Corre y ve por Señor Savage.

—¿Qué pasa? ¿Para qué queremos a Señor Savage?

En ese momento me percaté de la sombra carmesí encorvada que estaba tomando agua en el lago en cuatro patas. Mientras se pasaba la pezuña por la boca para secarse el agua, recorrió con la vista el bosque. En ese preciso momento el bosque se quedó en silencio. Es como si cada ser viviente estuviera conteniendo la respiración. Despacio, Rubén y yo empezamos a caminar de espalda hacia el campamento.

¡CRACK!

Pisé una rama seca y el sonido le advertió al Diablo Rojo de nuestra presencia. Dio un alarido y se tiró al agua, ¡nadó a través del lago hacia nosotros! Rubén y yo empezamos a correr.

—¡Señor Savage! ¡Señor Savage! —gritamos cuando llegamos al campamento y a su tienda de campaña.

—¡No está aquí! —grité cuando vi que la tienda de Señor Savage está vacía.

—¿Dónde está? —preguntó Rubén—. ¿Dónde está Señor Savage?

En ese momento el Diablo Rojo bufó y se abalanzó sobre nosotros. Rubén logró esquivarlo pero el Diablo Rojo me tiró y me sujetó en el suelo. Se estaba riendo cuando abrió el hocico lo suficiente para mostrarme sus dientes como dagas.

—¡Aléjate del niño! —le gritó Señor Savage. Tenía dos pistolas de agua en las manos. El Diablo Rojo se abalanzó contra Señor Savage quien mojó al monstruo con dos chorros de agua. El monstruo bufó porque su piel se empezó a quemar. Señor Savage siguió mojándolo con chorros y chorros de agua. El Diablo

Rojo se alejó hacia el bosque dejando el olor de piel quemada a su paso.

—¿Qué le hizo? —le pregunté.

Señor Savage me entregó una de las pistolas de agua.

—Están llenas de anticuada agua bendita —me respondió—. El Diablo Rojo puede ser grande y espeluznante, pero sigue siendo un demonio. Todos saben que el agua bendita es la mejor manera de defenderse contra un demonio. Un explorador siempre está preparado para cualquier cosa.

Mi papá tenía razón, Señor Savage es el Boy Scout mejor preparado en el mundo.

LAS BESTIAS DE ALAS DEL CONDADO DE ELOTES

—Quiero ir a casa —dijo Victoria.

—No te puedes ir a casa —contestó José—. Mantén silencio.

Ya eran cuatro días desde que Victoria decidió irse de la casa con José. El lunes salieron a hurtadillas en un tren a McAllen, pero tuvieron que bajarse en medio de la nada cuando los descubrió uno de los guardias. Perdidos en el bosque, Victoria se dio cuenta, demasiado tarde, que escaparse con José fue un grave error. Los padres de Victoria siempre consideraron que José era un alborotador que no tenía futuro, pero a los catorce años de edad, ella decidió que José era el amor de su vida. Las cosas estuvieron bien al principio, pero hacía dos días que un par de vagabundos les robó el poco dinero que tenían. Al principio los dos hombres parecían amigables y hasta los entretuvieron con cuentos de sus muchos viajes por todo el país. Uno de ellos les contó de las bestias voladoras del Condado Elotes.

—Tienen alas como las de un murciélago, pero son tan grandes como un hombre maduro, si no es que más. Tienen dientes filosos que hacen clic, clic, clic cuando

muerden y destrozan. Sus ojos brillan como llamas por la noche. Nadie sabe de dónde vienen estas criaturas aunque algunos dicen que son extraterrestres del espacio o de algún experimento gubernamental. Lo único que sé que es cierto es que las bestias voladoras se alimentan de carne humana.

A la mañana siguiente, Victoria descubrió que los dos vagabundos le revisaron la mochila y se llevaron sus $200.00. Los dos vagabundos también habían desaparecido. Después de que Victoria y José fueron descubiertos por el guardia tuvieron que saltar del tren en moviento para escaparse. La caída los dejó con moretones, pero por suerte, sin huesos rotos.

—Mira, veo una carretera —dijo Victoria apuntando hacia un camino que se vislumbraba en un claro del bosque.

—Qué bueno —dijo José—. Ahora sólo tenemos que caminar por el camino hasta que venga un auto. Podemos conseguir un aventón al pueblo más cercano.

José y Victoria caminaron por casi una hora, pero en todo ese tiempo no pasó ni un vehículo por la carretera.

—Se está oscureciendo, José. Tengo miedo. No quiero pasar la noche aquí.

—Mira, allá se ve un anuncio —dijo José—. Ojalá que indique cuánto falta para llegar al pueblo más cercano.

—Condado Elotes, 2 millas —leyó Victoria—. ¿No fue en el Condado Elotes donde tomaba lugar la historia que nos contaron los vagabundos?

—Eso es sólo un cuento —dijo José.

—No quiero estar aquí —dijo Victoria—. Ya se oscureció. ¿Qué vamos a hacer?

—Seguir caminando hacia el pueblo —respondió José—. ¿Qué otra cosa podemos hacer?

José y Victoria siguieron el camino hasta llegar a una colina.

—Mira, ya veo las luces del pueblo —dijo José apuntando hacia el fin de la carretera—. Podemos llegar más rápido si nos vamos por el bosque. Te apuesto que este atajo nos llevará directamente al pueblo.

—Ni loca —dijo Victoria—, prefiero caminar otras dos millas antes de meterme al bosque.

—Si quieres caminar otras dos millas, adelante —dijo José—. Yo me voy por el atajo.

—¿Y qué hay de las bestias voladoras?

—¿En verdad vas a creer lo que dijeron los vagabundos? —dijo José y empezó a caminar por la colina hacia el bosque.

José no había estado en el bosque ni dos minutos cuando Victoria cambió de opinión y empezó a caminar por la colina hacia él. —José, espérame —gritó y caminó hacia las luces en la distancia.

—¿Dónde estará? —se preguntó Victoria—. No puede haber avanzado tan rápido.

A Victoria no le gustaba estar en el bosque para nada. Ya estaba oscuro y las ramas se golpeaban una contra otra cuando volaba el viento. Era como si los animales chillaran.

—José, ¿eres tú? —preguntó Victoria y vio que la sombra que antes estaba a su lado ahora estaba enfrente de ella. Parecía que desaparecía entre los árboles.

—¡José! ¿Eres tú en el árbol? ¿Qué haces allá arriba? ¡José! ¿por qué no me contestas?

En ese momento Victoria vio que detrás de José estaba una criatura negra con alas y ¡que le encajaba los dientes en el cuello! La criatura le jaló un trozo de carne con los dientes caninos. Victoria estaba a punto de gritar cuando escuchó el chasquido repentino de dientes a todo su alrededor.

¡CLIC!

¡CLIC!

¡CLIC!

Vio hacia arriba en los árboles y vio a docenas de bestias negras con alas que la observaban con ojos que brillaban como llamas encendidas.

¡CLIC!

¡CLIC!

¡CLIC!

SANTOS

—Vamos 24 a 27 con 30 segundos de juego —dice Coach Villegas—. Estamos demasiado lejos para que nuestro pateador haga el gol de campo y empate el partido. Vamos a tener que anotar o vamos a perder.

—Vamos a intentarlo —dice Armando, el héroe de fútbol americano.

—¿Estás seguro, hijo? —pregunta Coach Villegas—. Me pareció que cojeabas allá atrás hace un ratito.

—Estoy bien, Coach —dice Armando pero miente. Le dieron un fuerte golpe en la rodilla al principio del partido, pero no se lo va a decir al entrenador. Todos dependen de él para ganar el gran partido, y no le va a dar la oportunidad al entrenador de que lo deje en la banca cuando más lo necesitan—. Deme el balón. ¡Vamos a anotar!

Los compañeros de Armando se colocan en la posición asignada. Armando observa su alrededor para confirmar que todos estén donde deben estar. Sólo un milagro hará que logre su objetivo, pero está listo para intentarlo. "Vive en la fama o muere entre las llamas", es el himno de las Fuerzas Aéreas que lo guiaban.

—Listos . . . set . . . ¡jat! —Armando toma el balón de fúbol. Ve a su izquierda, derecha. El receptor y corredor están muy protegidos como para arriesgar un pase. Todo está en sus manos. Armando empieza a correr por en medio, gira con destreza para evitar un ataque, salta para evitar otro ataque. Nadie lo puede derrumbar. La línea de gol está a la vista.

—¡CRACK!

Armando instantáneamente siente el golpe de dolor cuando un jugador del equipo contrincante lo golpea en las piernas. El dolor es como tener cientos de agujas calientes atacando en la rodilla. Armando cae al piso sólo a unas pulgadas de llegar a la meta.

—¡Quítense! —grita Armando de debajo de la pila de jugadores de fútbol.

—¡Ya! —grita el réferi—. ¡Levántense!

—¡Mi rodilla! —grita Armando.

—¡No te muevas, hijo! —ordena el réferi.

A Armando lo ponen en una camilla y lo llevan a la ambulancia con rapidez. De un momento a otro lo llevan al quirófano para hacerle una cirugía. Nueve horas después, el médico de Armando le dice que la rodilla pudo reconstruirse, pero le deja bien claro que sus sueños de jugar fútbol en la universidad han quedado en eso, sueños.

Las becas fueron lo primero que desaparecieron al minuto en que corrió la noticia de su rodilla dañada. Armando no es particularmente inteligente, y las notas de sus exámenes son demasiado bajas para conseguir una beca académica. Armando sabe que la ayuda financiera no le va a cubrir todos los gastos de la colegiatura. Solo, en la sala de recuperación, Armando siente que su vida se acaba.

—¿Me puedes ayudar con estas cajas? —preguntó Abuela Tita quien se ha mudado con Armando y su familia.

—Sólo si no están muy pesadas, Abuela —dijo Armando—. Ya sabes que tengo la rodilla dañada.

—¿Qué hay en las cajas?

—Velas con ilustraciones de santos —dijo Abuela Tita—. Tenían una oferta en la tienda y compré cuatro cajas. Con eso me bastará por un tiempo.

—¿Para qué necesitas tantas velas? Ya tienes casi una docena en tu cuarto.

A Armando le parece que el cuarto de su abuela es más como una iglesia que como una habitación. Está lleno de velas con ilustraciones de casi todos los santos católicos que te puedas imaginar. A Armando siempre lo han desconcertado la devoción católica y las afirmaciones acerca de los santos de su abuela.

—Cualquier persona puede hablar con los santos, Abuela —dice Armando cuando primero oyó que su abuela dijo que los santos la escuchan a ella—. Para eso son las oraciones, ¿no?

—Sí, es cierto, pero a mí me escuchan.

Hoy, Armando espera que haya algo de cierto en las palabras de su abuela.

—Abuela Tita, usted una vez me dijo que los santos pueden arreglar cualquier cosa, ¿lo recuerda?

—Sí, y eso es cierto —contestó Abuela Tita.

—¿Me pueden arreglar la rodilla?

—Sólo si prometes rezarles.

Armando sabe que su abuela está hablando en serio.

—Ya hablé con los santos sobre ti —dijo—. Les dije que eres un buen chico, y me dijeron que están

dispuestos a ayudarte. A cambio piden que les prometas que vas a rezarles una vez al día.

—¿Sólo quieren que rece?

Su abuela sonríe. —Sí, eso es todo lo que los santos quieren, mijo. Que le reces una vez al día, es todo.

Armando quiere creer lo que su abuela le está diciendo. Decide que no tiene nada que perder y a la semana siguiente empieza a rezar con su abuela.

Al principio parecía que no cambiaba nada, pero después de unos días, Armando despierta una mañana sin ningún dolor. Es la primera vez que le pasa eso en meses. Con cada día que pasa, la rodilla de Armando se fortalece. Su médico, Doctor Oliver, no lo puede creer cuando Armando va a la cita seis semanas después.

—Parece que tu rodilla está mejor —dijo Doctor Oliver. No podía esconder su sorpresa al ver la recuperación de Armando.

—Ya no me duele —dijo Armando—. Hasta puedo correr.

—Sí, bueno, pero no exageres, ¿de acuerdo? —dijo Doctor Oliver—. Seguro que es la terapia que te receté que ahora está haciendo su efecto.

—Qué terapia ni qué terapia —dijo Abuela Tita cuando Armando llegó a casa—. ¡Son los santos!

La recuperación de Armando continúa a un ritmo acelerado.

Al final, Doctor Oliver tiene que admitir que la recuperación de Armando es un milagro. La rodilla sigue mejorando con cada semana que pasa. En poco tiempo las universidades vuelven a ofrecerle becas. Aparentemente el héroe del fútbol local ha vuelto. Las cosas van de maravilla para Armando, pero su abuela ha

empezado a preocuparse porque ha notado que su nieto ha disminuido el tiempo que le reza a los santos.

—No dejes de rezarle a los santos, mijo —le advirtió—. A ellos no les gusta cuando la gente rompe las promesas que les hacen.

Armando está muy ocupado preparándose para la universidad y divirtiéndose con sus amigos de la preparatoria como para preocuparse por rezar con su abuela. Poco a poco se va olvidando de su promesa. Después de la graduación, Armando se va a la universidad y en la primera semana deja de rezarles a los santos por completo. Al principio no le importa. Su rodilla sigue tan fuerte como antes. Pasa un mes y no sucede nada. Dos, tres, hasta cuatro meses pasan sin incidente. En el quinto mes, sin embargo, Armando despierta con el peor dolor que jamás ha sentido.

—¡Ay! —gritó Armando. El dolor de la rodilla era insoportable. Le dolía más que antes. Todo había estado bien la noche anterior, pero ahora parecía que la rodilla estaba encendida. ¡Ni siquiera podía caminar!

—¿Qué pasa? —se preguntó. Tomó el teléfono y llamó a Abuela Tita—. Mi rodilla, Abuela —le dijo—, ¡me duele mucho! Dile a los santos que me ayuden, por favor.

—Traté de advertírtelo, mijo. A los santos no les gusta cuando la gente rompe las promesas que les hacen; y tú hiciste una promesa que no cumpliste.

—Por favor, Abuela —rogó Armando—. Diles que lo siento. ¡Diles que me den otra oportunidad!

—Ya lo hice, mijo —dijo Abuela Tita—. Les rogué que te dieran otra oportunidad, pero dijeron que no.

Armando escuchó que su abuela empezó a llorar al otro lado del teléfono.

—¿Por qué no me escuchaste, mijo? ¿Por qué no me hiciste caso?

Armando comprendió que era su culpa. Cuando consiguió lo que quiso, le dio la espalda a los santos. No respetar la promesa le hacía perder sus preciados regalos y los santos ahora le daban la espalda a él.

KID CICLÓN SE ENFRENTA A EL DIABLO

—¡Kid Ciclón! ¡Kid Ciclón! ¡Kid Ciclón! —cantoneaban los fanáticos de la lucha reunidos en la arena. Gritaban el nombre del gran héroe de héroes. Con una máscara plateada con llamas bordadas, Kid Ciclón elevaba los brazos para saludar a sus seguidores. Kid Ciclón será el gran campeón de la lucha que todo el mundo haya visto, pero para sus sobrinos Vincent y Maya, que estaban sentados a la orilla del cuadrilátero, él era Tío Rudy, su tío favorito.

—Agárralo, Tío —gritó Vincent cuando Kid Ciclón tomó a su contrincante El Diablo por los grandes cuernos en la máscara. Kid Ciclón hizo que su contrincante girara y girara ¡antes de lanzarlo contra las cuerdas del cuadrilátero! El contrincante con la máscara de diablo rebotó contra las cuerdas y corrió hacia un devastador tendedor que le deparó Kid Ciclón. ¡Con el poderoso brazo derecho extendido golpea al irrespetuoso diablo en el medio del pecho!

—¡Sí! —gritó Maya cuando vio que el impacto lanzó a El Diablo por encima de las cuerdas.

—¡Está acabado! —gritó Vincent cuando el réferi declaró que Kid Ciclón había ganado.

—Ningún diablo enmascarado le gana a mi tío —le dijo Maya a Vincent—, ¡ni siquiera el mismo diablo!

—También es mi tío, ¿sabes? —respondió Vincent—. ¿Así es que crees que Tío puede ganarle al mismo Diablo?

—Así es. Dije que ni el mismo Diablo le ganaría a mi Tío.

Sin saberlo Vincent y Maya, el verdadero diablo era fanático de la lucha y se encontraba sentado al lado de los niños disfrazado como un viejito. No estaba contento con lo que acaba de escuchar.

—¡Já! ¿Ganarme a mí? —se pregunta el viejito poniéndose de pie—. Estos niños se merecen una lección. De hecho, todas las personas en esta arena tienen que aprender a respetar al Rey de las Tinieblas.

Para sorpresa de los fanáticos, el viejito subió al cuadrilátero. Levantó las manos en el aire y unas llamas monstruosas salieron de sus pies. Impresionados, todos vieron que el viejito empezó a crecer y crecer y a agrandarse y agrandarse hasta que se impuso sobre el poderoso Kid Ciclón. Con llamas en los ojos, el viejito se convirtió en un diablo con cuernos. Se dio vuelta para enfrentar a Kid Ciclón.

—Te reto a una lucha libre —gritó El Diablo apuntando a Kid Ciclón con el índice de su garra—. Eres un buen campeón, Kid Ciclón, pero conmigo estás fuera de tu liga.

—Tú eres quien está fuera de su liga —declaró Kid Ciclón—. Puedes reinar en el infierno, pero aquí en el mundo de la lucha, yo, Kid Ciclón, ¡soy el rey!

—Si verdaderamente crees que eres mejor que yo, compruébalo —se burló El Diablo.

—Cuando quieras y donde quieras —dijo Kid Ciclón.

—Aquí y ahora —dijo El Diablo—, pero si gano me darás tu alma —le advirtió.

El Diablo estaba ansioso por comprobar que un simple mortal jamás podría vencerlo en una lucha. Antes de que tocaran la campana para empezar el combate, El Diablo intentó darle un golpe a Kid Ciclón. Éste apenas evitó la enorme garra de El Diablo. Kid Ciclón respondió con un golpe en la nariz que tiró a El Diablo a la lona, y los fanáticos celebraron con gusto.

—Fue un golpe de suerte —dijo El Diablo cuando se levantó y se abalanzó contra Kid Ciclón y lo envolvió en un abrazo masivo. ¡Lo elevó en el aire y lo apretó más y más fuerte!

—¡No te des por vencido, Tío! —gritó Vincent.

—¡Sé fuerte, Tío! —gritó Maya.

La cara enmascarada de Kid Ciclón hizo muecas de dolor, pero ¡aún no se daba por vencido! La multitud observó con asombro cómo es que centímetro a centímetro Kid Ciclón empezó a ganarle a El Diablo y ¡se liberó! Kid Ciclón le dió un fuerte golpe con la cabeza y mandó al Rey de las Tinieblas dando vueltas fuera de control.

Mientras El Diablo, mareado y confundido, se paró a mitad del cuadrilátero, Kid Ciclón saltó en el aire y le dio una devastadora patada en la nuca. El Diablo cayó de cara contra la lona y la multitud festejó frenéticamente, pero el viejo Diablo no se había dado por vencido.

Vincent y Maya vieron cómo aparecieron los demonios de repente en el cuadrilátero. Uno distrajo al réferi al subir para ayudarle a su maléfico rey, pero el

otro le dio un atroz golpe ilegal con una silla en la cabeza a Kid Ciclón.

—¡Falta! —gritó Vincent mientras Kid Ciclón cayó de rodillas por el dolor.

El réferi no pudo descalificar a El Diablo porque oficialmente no presenció el golpe.

El Diablo empezó a burlarse de Kid Ciclón. —¡No existe alguien que sea superior a mí!

—¡Kid Ciclón! ¡Kid Ciclón! ¡Kid Ciclón! —tanto Vincent como Maya empezaron a cantonear mientras corrían hacia el cuadrilátero. Alentaron a su tío para que no se diera por vencido. Los festejos de la multitud aumentaron más y más. El Diablo de repente se dio cuenta que los festejos no provenían sólo de la multitud sino de los cielos. ¡El mismo cielo celebraba a Kid Ciclón!

—Aún no se ha acabado esto —declaró Kid Ciclón y valiéndose del poder de los festejos de sus fanáticos, se puso de pie. El Diablo siguió dando patadas y golpes a Kid Ciclón, pero el héroe enmascarado parecía no sentir nada. Se protegió de un derechazo de El Diablo y logró propinarle un golpe con la cabeza en la quijada.

La multitud celebró mientras Kid Ciclón tomó a El Diablo por los cuernos y lo lanzó contra las cuerdas. El Diablo rebotó como una pelota de goma y corrió justo hacia ¡el tendedor que le deparó Kid Ciclón! El impacto fue tremendo ¡le sacó los botines y lo lanzó sobre las cuerdas hacia el suelo de concreto de la arena! El Diablo yacía inconsciente. ¡Kid Ciclón triunfó!

Vincent y Maya corrieron al cuadrilátero para abrazar a su tío.

—¡Kid Ciclón! ¡Kid Ciclón! ¡Kid Ciclón! —cantoneó la multitud.

Kid Ciclón levantó a sus sobrinos en los hombros y los paseó por el cuadrilátero para celebrar su victoria. El Diablo se paró en silencio y se perdió entre las sombras. Tenía vergüenza porque un simple mortal lo superó.

—Volveré, Kid Ciclón —advirtió en un susurro frío antes de desaparecer—. Hoy me ganaste, pero un día ¡te pediré la revancha!